大给 —— 著

江苏凤凰文艺出版社
JIANGSU PHOENIX LITERATURE AND ART PUBLISHING, LTD

图书在版编目（CIP）数据

黑洞故事 / 大给著. -- 南京：江苏凤凰文艺出版社，2017.11

ISBN 978-7-5594-1204-1

Ⅰ. ①黑… Ⅱ. ①大… Ⅲ. ①中篇小说 - 小说集 - 中国 - 当代②短篇小说 - 小说集 - 中国 - 当代 Ⅳ. ①I247.7

中国版本图书馆CIP数据核字(2017)第246484号

---

书　　名　黑洞故事

---

著　　者　大　给

责任编辑　黄孝阳　王　青

文字编辑　宋丹丹

出版发行　江苏凤凰文艺出版社

出版社地址　南京市中央路165号，邮编：210009

出版社网址　http://www.jswenyi.com

印　　刷　河北鹏润印刷有限公司

开　　本　880 × 1230毫米　1/32

印　　张　8.5

字　　数　184千字

版　　次　2017年11月第1版　2017年11月第1次印刷

标准书号　ISBN 978-7-5594-1204-1

定　　价　35.00元

---

（江苏凤凰文艺版图书凡印刷、装订错误可随时向承印厂调换）

# 目录

# 口袋宅男

## *1*

李志鹏蛮惊讶的，自己居然能成为今晚欢迎Party里最受欢迎的人。

半个小时之前，下班铃如常响起，他把自己的工位胡噜了一把勉强收拾干净之后正要跨进更衣室，老同学兼同事大董哗啦冲进来，笑嘻嘻挽着他往外拖，说：“会议室Party，就差你了！”他的热情非常吓人。

整个金融大厅都熄了灯，只有会议室的落地窗百叶间切出一条条斑斓的五彩光带投在走廊上，光的跃动对照出此刻会议室里的喧闹。

不容李志鹏迟疑，大董一下拉开门，把他推进会议桌上一盏便携激光球灯营造的光彩中。与此同时，运营部、理财部、后勤部的同事们也像潮水一样涌上来，将他从沙滩上裹挟进海里。大董往他手里塞了一瓶嘉士伯，大家的瓶口便啪啪啪啪撞上来，一个个嘴里吵嚷着“你小子行啊”“恭喜”“请客”“爽不死你”之类的话，让李志鹏完全摸不着头脑。

他只能哼哼哈哈一个个模糊地应回去，直到随着一阵起哄和口哨声，那个身材姣好的女实习生从人群中贴上他，他才隐隐约约找到那么点万众瞩目的感觉。

女实习生今天入职，绾发、低胸、黑丝就是她的见面礼，全公司的男人每一个都以为礼物是送给自己的，所以在提议为这个女实习生办一个欢迎Party的时候，每个人都包藏色心，殷勤得跟这个基金公司是自己坐总裁位置一样，特东道主地招呼来招呼去。终于问起女实习生有没有喜欢的人，大家等着把她的手放进自己手心，她却提起了早上只是在打卡的时候跟她撞上过一眼的李志鹏。

或许人们得不到就通过公开蹂躏来满足自己的私欲，就像闹洞房一样。

在男人们报复性地追捧中，女实习生的身子被推得跟李志鹏挨在一起，骨头撞骨头难受，李志鹏不知道哪里来的爷们儿风范，把自己的胸口让了让，女实习生便贴了进来，作风大胆的她也难为情地脸红起来。

她凑近李志鹏的耳朵喃喃道：“哎呀，你个小骗子，鬼才是他们说的那么宅。”说着，在李志鹏胸口挠了一爪子。

李志鹏从上好大学正经金融专业毕业，对自己的职业有过漂亮的规划，但性格内向，虽然这种性格在学生时代还能让他成为女生眼中白衬衫美少年，往《萌芽》投个伤悲稿什么的，可到了虎狼之地的社会，就全让他变成了同事嘴里的怂人。毕业五年，他不仅没能拿到订单受客户信任、领导爱戴成为规划中的风光客户经理，反而因为旷日持久的0业绩一路直降到了后勤采购部，像一只看门狗，每天守着一个逼仄潮湿的储藏室，只有保洁阿姨在休息的时候搞不懂手机app怎么用的时候才会跟他说几句话。

就在半个小时之前，在今天这个Party现场的所有人眼中，李志鹏还是个百分百纯撸sir，可女实习口中的这一句喜欢，让他瞬间成为焦点。

不记得有多久没有体会到存在这种感觉了，李志鹏听着大家的欢呼，看着胸口这张美丽的脸，再听到她那句不怎么好笑的话，只觉得心头一暖，蓄了多年的污浊之气从喉头咕噜了出来，变成了一声怪笑。

好像是有人拉响了用清洁球钢丝做的琴弦；

好像是有人踩到了一只正在发情的猫的尾巴。

李志鹏长得虽然有模有样，可笑声却带着魔性。这是天生的，娘胎里带出来的。就因为这样的与众不同，他被从小嘲笑到大，或许也是因此而变得畏首畏尾。自从在大学一次同乡会上被大董听见而被取了一个“火鸡”的外号之后，直到刚才，他已经有1537天没有咧开嘴笑过了。

听到李志鹏的笑声，女实习生跟被卸下了压力的弹簧一样迅速从他的胸口弹出来，周围起哄的人也都愣住了。

李志鹏意识到了什么，急忙强制自己切断最后一个发了一半的音节，迅速收声。

先是女实习生盯着他鄙视地呵呵两声，紧接着，大董拍着自己的大腿，一边寻求众人的附和一边说：“我没说错吧，他笑起来好难听！”

李志鹏还保持着胸口敞开的姿势，睁着一双无辜的眼睛看着眼前的一切。他确实是这个Party最受欢迎的人，就像小丑也是宴会上最受瞩目的人一样。

众人终于卸下了刚才引李志鹏入套的谄媚，露出了坦荡的嘲笑姿态，像是一群狼把小羊羔一番调戏之后，终于准备享受美味了。有资历老的上去拍着李志鹏的肩膀，安慰说没事没事，可他自己却笑得手上端着的啤酒都洒了出来。

当听到女实习生大笑着对大董说“吓死我了，他不会真喜欢上我”的时候，李志鹏终于从人群中冲出来，他可不想就这么傻乎乎地站着，用来延续他们这场玩笑的高潮。

他拖着羞愧的尾迹冲到门口，刚要拉开，却被突然自行崩开的门撞在了地上。

开门的人是客户部经理伍梓桐。常年出现在公司大堂优秀职员墙上的那个美女，李志鹏家里的抽屉里至少藏有十张她不同时期的工装照，那都是他在历次撤换优秀职员墙时偷偷瞒下来的。

伍梓桐拿眼睛珠子像探照灯一样扫了一圈会议室，那些人便全都噤了声，再扫到地上的李志鹏，李志鹏正狼狈地坐在灰尘遍布的肮脏地毯上，自己手中的啤酒掉在裤裆，湿了好大一片。

他曾经幻想过自己终有一日能够坐进大客户部的办公室，以他认为的最棒的形象，跟伍梓桐打上第一声招呼。没想到，自己落在她眼里的第一个印象，是如此不堪。

# 2

李志鹏在更衣室换了便装，把弄脏的西裤用超市的塑料袋兜起来塞进背包里带回家。他几乎踮着脚站在拥挤的地铁上，一个胖女人不管不顾地撒开手玩着消消乐，把支撑身体平衡的义务全压在了李志鹏身上。李志鹏一手提着笨重的背包，一手攀着拉杆，沉默地“帮助”着胖女孩，大气都不敢出。

这才是他日常生活的写照。

在Party里有一瞬间，曾让他产生过他将要脱胎换骨的错觉，到头来却发现，生活只是换了个姿势继续强奸他。而且这一次，似乎更深入了。

就刚刚那个幕后黑手大董，仗着自己对李志鹏知根知底，欺负他不是一次两次了。之前在学校的时候，到了午饭时间，他都要李志鹏垫钱把饭带上楼，然后从来没有还过。现在工作了，中午要点餐，他从来都是掏出手机打开软件，把优惠券发到李志鹏手里，然后叫李志鹏下单。

不仅是大董，当知道了李志鹏的懦弱秉性之后，所有人都喜欢占李志鹏的便宜，而李志鹏可怜地以为只要他甘愿承受这些，把所有的吃亏都当作是送给大家的礼物，大家便会喜欢他。

一切都是痴心妄想。在刚入职这家公司的时候，HR 拿着面试表格叫他填，到了紧急联系人那一栏，要求写你在这个城市最亲近的亲人或朋友，李志鹏居然一个都填不出来。

Loser 到这个程度，当然李志鹏也会不甘心，他想要在周末能找到几个朋友一起出去吃火锅，想在微信圈里获得几个赞，想在起不来床的时候有个朋友能帮忙打卡，但心虚、口笨还不会来事儿的他，哪有什么办法融入大董那些人的圈子里。也就是每次集体出游或者聚餐的时候，他会特意多背几个充电宝，然后安卓、苹果以及USB type C的数据线都准备一份，等同事们需要的时候，他就能为大家献献殷勤，跟人说几句，多少才找回点儿存在感。

但这种存在感得来的方式，实际上更凸显出了他的悲惨。

地铁快速绕过三元桥，车厢倾斜中，胖女孩把李志鹏压得贴在了车门玻璃上。此时，她看起了韩剧，屏幕上一个欧巴留着眼泪说："西吧，有本事不要给我机会，只要让我抓到一点，哪怕是一点，我都会成为英雄。"

不能表示更认同，李志鹏眼里燃烧出跟那个男主同样的战火，要不是脸抵着玻璃，摩擦力太大，他都想大力地点几个头。

## 3

卫生间里的洗衣机转了大概有两个钟头了，李志鹏拿着他那条工作裤去看了不下十次，每次掀开，都在里面看到隔壁租屋住着的夫妻俩的衣服。

先是大盆大盆的被子，然后是大件的棉袄和大衣，然后是衬衫T恤，然后是内衣裤，然后是一条丝袜。李志鹏真的不明白那对夫妻为什么连一条丝袜都要单独拿出来洗一筒，但好在看这个趋势，离那对夫妻洗无可洗的时刻已经不远了。所以他把自己的西裤放在盆里，一直站在洗衣机旁边等待时刻表归零。

几乎与洗衣机发出洗毕提醒的同时，小夫妻的房门打开了。那家的老婆穿着棉质小碎花睡衣踩着棉拖鞋踱到李志鹏跟前，扫了一眼李志鹏的盆，表情很冷淡声音很礼貌地问了一句："你也洗衣服啊？"

李志鹏点点头，笑得近乎没有尊严。他看着女人把盖子掀开，探进半个身子，终于在筒底把她那条该死的丝袜捞起来，就像雷托看见海神波塞冬从海里替她捞起提洛岛一样，觉得希望就在眼前闪闪发光。他把架在腰间的盆子偷偷往滚筒上放。

"不好意思哈。"女人又发出恼人的冷淡却礼貌的声音，"能不能再等一下！？"没等李志鹏有所表示，一条穿着仿阿迪达斯风格衣服的拉布拉多从他双腿间钻进来，女人抱住它唰唰帮它把衣服脱了，然后扔进了洗衣机里。

"谢谢哦，你人好好。"

女人的道谢声冷淡到像她啐的两坨痰。

滚筒照四十分钟的漂洗模式工作起来，女人踱回了房间，只有那只拉布拉多昂着头鄙夷地盯着李志鹏。

一只手悄悄伸向洗衣机盖，李志鹏心想，没办法了，就蹭这条狗的阿迪洗一下吧，在倒计时之前不动声色地拿出来就好了。

掀起一条缝，刚刚从盆里把裤子拿起来，拉布拉多咕噜两声一跃而起，张嘴兜住裤脚，嘶啦几声，李志鹏一惊，拉肠扯肚一般，好好的工装就变成了乞丐装。

李志鹏气得腮帮子疼，这是公司发的唯一一条工装！他盯着狗，狗盯着他，他看看小夫妻洞开的房门。他不动声色地抬起脚，正要踹过去，还没落脚，那狗便惨烈地呜哇了一声。

小夫妻听到动静闯出门来看究竟，卫生间里只剩下舔着舌头的狗和呼呼转动的洗衣机。

窗外冷风猎猎，挂在阳台晾衣竿上的塑料衣架空悠悠地晃荡着，像极了李志鹏此刻的心情。

他躺在床头，捧着被自己缝得像是某种大型动物术后阑尾一样的裤子，胸口也漏风了似的，呼啦呼啦喘着气，久久无法平静。

刚刚交了房租，墙缝里的硬币都抠走用了，翻箱倒柜好几轮，没有发现遗漏在口袋里的钱，工资还得到月中发，他已经没钱再去买条新的了。

唯一能找到一条颜色相近的，是一条黑色的毛裤。

看来采购的位置都要保不住了。一个金融基金公司，采购部门已经是体制内最细枝末节的端口了，再往下降，难道要跟保洁阿姨做同事？说实话，保洁阿姨的工资未必比他做采购少。

李志鹏向来很容易说服自己面对现实，这是他在吃亏和犯怂的道路上一去不复返的重要原因。

失神中，余光里，一条轻飘飘的影子划过窗口落在阳台上。

李志鹏一愣，首先想到是有人跳楼，可那影子掷地无声，不像是一具实体。妈的，如果是鬼，那就更麻烦了，这时节，这际遇，哪有钱换新房子。

他趿上拖鞋，近乎贴着墙壁蹑手蹑脚地走向阳台，躲在左边瞄了一眼，看不到，又跨到右边窗户，往下瞄一眼，黑漆漆的还是不打眼。

又等了一刻，见阳台上什么动静都没有，他终于横下心拉开了门。

是一条黑色的西装裤。

李志鹏大大地松了口气，应该是楼上哪户人家晾在外面被风刮下来的吧，他自嘲地摇摇头，把那条裤子捡在手里，新洗的，摸起来质感还不错，款式跟他那条工作裤居然还有些像。

要是自己的就好了。

李志鹏苦笑着意淫，连忙披上外套来到电梯间，准备上楼去问问。可是，电梯只有向下的摁钮。

他忘了，他住的就是顶层。

## 4

这条从天而降的裤子出奇地合身。

一大早临上班之前，李志鹏还是忍不住试穿了一下，毕竟陌生裤子所带来的未知伤害还有待验证，而眼前的困境却是实打实的。像这种涤纶混纺面料的西装裤，款式太大众了，大家很容易买到一样的。这一次，他一边往裤子口袋里装零钱装一卡通，一边这样说服自己。

一路穿着走去地铁站，不勒屁股，不挂裆，好像自己的裤子重生了一样，与往常感觉并无二致。更关键的是，沿路也没有突然被哪个小区里的人拦住，认出这条无主的裤子。

自古以来，但凡无谓的获得都讲究名正言顺才让人安心，那如果连名它的言它的人都没有，岂不是最最安心的？这么说来，我竟然有机会占一占老天的便宜。

李志鹏暗自乐呵着，理了理新裤子的中线，敞开了步子，排到了早高峰进站人流中一个壮男的后面。

闸口开开合合，眼看就要排到了。他习惯性地往裤子口袋里摸一卡通，几根手指抵开硬邦邦的纸币，往袋底卡片应该存在的位置蠕动，触到了一条比纸币更硬的棱边，就是卡片。可与此同时，指头还反馈上来另一种触感。

软绵绵的，粗糙的，蓬松的。

他的裤子口袋里不应该出现这类触感的。疑惑着，李志鹏把那东西拎出裤袋一看，是一团卫生纸。确切来说，是用过的卫生纸，中间还夹杂着淡绿色的黏稠液体，应该属于某个重感冒的人。

阿嚏！

李志鹏前面那个壮男打了一个巨大的喷嚏，然后就见他从手里的餐巾纸袋里扯出一张，在脸上揩了一把，叠了叠，塞进了裤袋里。

李志鹏试探着再次伸进裤袋里，这一次把注意力集中在自己的指头，他发现本应该要被袋底挡住的手指居然毫无阻碍地超过了裤缝的边界，在那里，手指头紧贴着某种壁垒，感觉到的，还是肉体，只不过，与他自己的大腿相比，这副肉体更加紧实。这是进入了另一种次元？忽然，指头触到了什么，又拿出来，正是一张叠了几折的卫生纸。端放在手心里，还能感觉到包裹在纸巾中间的那一团黏液的温度，刚刚出炉，热气腾腾。

李志鹏矗立在人群中一动不动，被后面的人踩了脚跟也没反应，似乎是被眼前的事实吓傻了。那个壮男又打了一个喷嚏，正把手伸向自己刚刚存放卫生纸的口袋。

李志鹏条件反射一般，赶紧把手里的卫生纸塞回裤袋底部的另一个空间中。

呃，在缩回来的一刻，他似乎碰到了一个肉呼呼的指头。

与此同时，他看到前面的壮男也是一愣，拿着刚摸出来的卫生纸左右端详，疑惑地求证着什么……

我的口袋里有一个黑洞？！

李志鹏面无表情地呵呵了一声，在这样一个诡异的时刻，他也不明白自己为什么要呵呵，可能是刺激过大，导致下丘脑短路了吧。

双手跟裤袋保持着至少十厘米的距离，李志鹏像是揣了人体炸弹一样提起一口气，一路下车、推门、刷卡，躲进了自己小小的储藏室。

直到坐在自己的椅子上，把储藏室的门关好，他那口气才呼出来。

果然，来历不明的东西，特别是来历不明的好东西，背后都有陷阱。比如一个投怀送抱说自己什么都不求的女人，比如一份月薪十万只要你去哪里拍几张照片的工作，比如这条不知道是来自军方实验室还是来自外星的裤子。

李志鹏一秒钟都不想让这条裤子在自己身上待着，立马解开皮带就往下脱，也不管今天只穿了一条垮了裆的内裤，接下来该怎么出去见人。

事实上，就他所做的工作而言，出去见人的机会着实不多。他想着，现在立马在网上刷信用卡定下一条，把中午饭忍了，到下午应该就能收到。到时候，有新的穿，这条诡异的无主西裤爱吓唬谁就吓唬谁去。

大董这个人平时不爱搭理李志鹏的，甚至是怕跟他扯上关系，不知道为什么，偏偏今天找过来了。

李志鹏才脱了一半，赶紧又把屁股兜上，皮带也来不及系。

“昨天晚上那些人真的太过分了，闹成这个样子，你没事吧，志鹏。”大董一屁股坐在办公桌上，说着话，眼睛却往林光鲜背后堆放的采购物资瞄。

“没事。”李志鹏咬着牙回。

“这回年终给客户的礼品都备齐了？”大董的视线停在一箱子高档打火机上，“就是这些吧？”

又来了，回回说这几句话，等下肯定会打开箱子，拿出几个往自己口袋里塞，然后说：“我提前试用试用，万一体验不好，到时候在客户面前怎么拿得出手？”

“每次客户的反馈都挺好的，不用试啦。”

眼见着大董如预料那样掏出钥匙就要划开箱子，李志鹏多少鼓起勇气挣扎了一句。

大董没有受到半点影响，依然进行着手下的动作。

“这样啊，那算我提前取的。”

“已经入系统了，少了一个我都得赔。之前……你拿走的那些东西，都是我赔的。”李志鹏说着说着眼睛都快红了。

大董极其自然地从箱子里抽出两个打火机塞进口袋：“哦，那谢谢你了。”说完转身便走，临了留了一句，“中午一起点餐啊，我有优惠券。”

为什么每一个欺负自己的人，说话都这么客气？

穿着一条透风的内裤，憋屈地窝在椅子上的李志鹏此时一如往常地在脑海里排演着如何狠狠地报复他们。同样一如往常，在现实世界里，他根本找不到将脑海里的剧情还原实践的方法。

除非……身下这条自带黑洞的裤子，就是上天给我的，成为英雄的机会！？

“西吧。”

李志鹏感觉下身一热，一股从来没有过的力量支撑他把扣子系好，把拉链拉上，把皮带一格格扣紧。

看着大董远去的身影，他把手贴紧腰线，顺着大腿往下摸去，一路摸进裤袋里，进入了那个不可言说的空间。

没错，大董看起来就是这么一副精瘦如熏干的手感。

嘎达。

两只打火机物归原主。

## 5

李志鹏小时候看过《浮士德》的画册，知道和魔鬼梅菲斯特做交易获得一份超自然能力需要多么大的代价，但让自己的口袋连上别人的口袋，这样的超能力，怎么看怎么不严肃，倒像是美漫里画风最不正经的一支，剧情之后即将为主人公带来的反噬，其震慑性也因此萌化了好多。

相比于魔鬼代价所带来的恐惧，李志鹏更加在意的，是看见打火机莫名失踪之后大董傻不棱登的样子时给他带来的快乐。

李志鹏越来越喜欢这条黑色的裤子，或者说，越来越喜欢神奇口袋带给他的，那种打破日常平庸的可能。他有一种强烈的冲动，想看一看它能神奇到什么地步。

那个女实习生每天站在自动门口迎接客人，接受咨询。她喜欢画大浓妆，白面赤口的，即便从早站到晚，妆容也不见一点儿暗淡反而越来越艳。因为她随身带着粉饼和口红，看到穿着低档的客人进来，就扭头去补妆，只把自己最娇艳的样子留给她认为的有资格欣赏她的客户。

借去填表台更换笔墨的机会，李志鹏远远地看着女实习生，趁她热情地贴上一个背头皮衣大哥的时候，把手插进口袋，不动声色地顺利摸索到了她的口袋，小心地不触碰到她的皮肤。

他甚至可以看见自己的手指在相隔十多米距离之外一点点把她裤袋撑起来的样子。

捏到了口红，抽过来，拧开，把墨笔里的墨汁挤到膏体上，塞回去。

这一系列动作，李志鹏完成得磕磕绊绊，面对一个新工作时，所有菜鸟会犯的错他都犯了一遍，幸亏女实习生注重自己的脸比大腿要多得多，点点黑色墨汁从她裤腿沁出来，她也没有感觉到。在一个拿着扁担的老人进大厅的时候，她迅速转身拿出口红盲擦起来，再转回来，整个大厅都安静了。

女实习生不明就里，以为自己艳惊全场，仍旧张着嘴，制造出自己训练过多回的职业性的微笑，只是，那对被擦黑的嘴唇让她看起来更像是故宫里举着香炉的那个铜身小人文物。

扑哧。

在地铁里，即便被一个潮男的铆钉挎包抵得肋骨快错位了，李志鹏想起刚才女实习生的窘态，还是有点乐不可支。

潮男戴着 Beats 的耳罩，高上李志鹏整整一个头，不知道是为了维系造型的完整还是怎么，在挤得能出汁的地铁里，他毅然把坚硬的真皮大挎包挎在肩上，把自己变成某种硌硬人的外骨骼生物。

李志鹏来自底层的自得其乐显然让他这种以高冷为己任的上层人类有些鄙夷，他哼了一鼻子扭过身，那只大挎包像刮痧一样刮过李志鹏的肋排。

李志鹏此时没有往日遇到这种情况时的憋屈样，脸上一点儿愠怒的神色都没有，相反，他看着潮男，全是淡定坦然。因为他知道，这个人会得到及时且有效的报复。是这样的——如果你发现你得罪过的人笑脸相迎，请相信，要么他真的大度，要么他已经酝酿反击，这两种情况，对于你来说都是某种损失。

李志鹏把手从别人的腰间抽出来，伸向自己的裤袋。

潮男的眉头渐渐蹙起来，他感觉身后的人正用指头刮擦自己的大腿，从触感来看，还是个男人。他取下耳罩扭过头，是一个胡子拉碴一嘴烟气的糙汉。

李志鹏向来认为，讲究多事儿的潮男跟张狂多痰儿的糙汉是天生的死对头。见潮男拿眼睛刁斜着糙汉，骂了一句“不要脸”，他的手指顺势在口袋里又画了一个圈。

潮男怪叫了一声，跟糙汉干起来。糙汉脸上带着迷惑，可是他的拳头却不含糊，几回合下来，就把潮男揍成了杀马特。

口袋带来的是功能，而怎么样有创意地去运用它，则需要口袋主人的脑袋。窃取、交换、触碰……还有很大的潜力可以挖。

第四种使用方式，李志鹏是在隔壁小夫妻身上发现的——

回到家里，李志鹏第一件事不是小便，而是冲到厨房查看自己放在冰箱冷藏的葡萄。果然，跟他刚放进去的时候相比，葡萄显得稀疏了好多。每一根梗上，间隔着少了好多果实，使得它们在实质上丢失了近一半的量，整体一看却没有什么端倪。这样的粉饰犯罪，是小夫妻俩的惯常伎俩。很讨厌，但此时此刻，对于葡萄的再次被偷，李志鹏居然有些高兴。

他偷偷拧开一条门缝。那女人坐在床边的地毯上捧着一本杂志看入了迷，旁边就放着那碗散葡萄。而更远处，是她的手机、零钱包之类的杂物。

以十块钱三斤、每一斤偷半斤、共计偷了十多次来算，从她那里拿回来十块钱，不算为过吧？

李志鹏把袖子撸起来伸进口袋，这一回他想试试新的玩法。

手指头已经进入了她的口袋，再往外伸一些，甚至能感受到她房间里过剩的空调暖气，在共担电费的情况下，她觉得自己多用一点儿就是多占到一份便宜。

李志鹏屏住呼吸，手指继续往里伸，那一头，已经触到了她加绒睡衣毛乎乎的裤袋袋口。女人翻过一篇杂志，把头埋进了整版的钻石广告里，就趁现在，李志鹏瞄准了方向，一鼓作气，几乎把自己的整条右臂塞进了口袋里。

一条手臂像蛇一样从女人的口袋里钻出来，直朝她的零钱包蹿去，咬住了便迅速缩了回来。

速度之快，女人只是打了个莫名的冷噤。

李志鹏捧着手里的一团东西忙不迭地躲回了自己的房间。事实已经证明，口袋的力量可以更强大，他有些兴奋，但摊开手上的东西，他却有些傻眼了。

情急之下没有抓准，展开一看，只是一团废纸而已，那女人为了拿小礼物，在办街边信用卡的小摊子上填的信用卡申请单。当年他也在路边摆摊卖基金产品的时候，不知道被她这种人骗走了多少礼品，她就是造成他负业绩的罪魁祸首。

看来还是手生，得加强训练。

李志鹏把申请单撕成纸条，看着女人的名字在自己手里变成细碎的符号，正要扔掉，忽然，他想到了什么。

一种利用口袋的能力，不损人却利己，可以真正改变他失败人生的方法。

## 6

公司合规部的同事对最近突然激增的开户单量表示非常诧异，而令他们更加难以理解的是，这些客单都来自风马牛不相及的采购部。

一般来说，除非公司组织架构OA系统已经全面崩溃，否则采购部是没有权力提交作业单的。实际上，对于一个讲求实效的公司来说，在铺天盖地的成交数字面前，一切制度规定都是迂腐的，就算带来成交量的业务员，是那个傻不棱登的李志鹏也没有关系。

从李志鹏穿上那条奇怪的裤子开始，从以隔壁小夫妻为名字的第一单开始，他每天都能带来几十个具名的客户信息。有名字，有身份证号，有电话，有紧急联系人电话……一切可以让一个户头生效的信息都赫赫在列。要知道，就算是客户部的优秀员工大董，单日最高纪录也只有九个。

没有人知道李志鹏是怎么做到的。

对于他来说，这其实也是体力活。每天提早去地铁站，坐在进站口排队人群的旁边，瞅准了一个就掏他口袋，从钱包里、身份证里和手机里翻到需要的信息，然后再塞回去。这项工作讲究眼疾手快，是拥堵的早高峰帮了他的忙。地铁限流，每五分钟开一次闸口，这段时间可供他采集信息两次，放行一分钟，正好休息。

如此“工作”了一个月，李志鹏经手的人不下一千个。各种各样的人物皆一视同仁，被掏了个底朝天。梳着油头穿羊绒风衣的白领，他们的口袋里一般放的都是7-11的小票、润唇膏、吸油纸、保险套、头发生长液、刚换下的一次性纸内裤之类的东西；大学生，他们的口袋里一般是饭卡、化妆品小样、眼镜布、肯德基的折扣券、图书馆摘抄纸、钥匙，还有耳机。而那些穿着地摊上二十块钱一件夹克的中年大叔，口袋里则会有包小姐卡片、印着某某啤酒广告的打火机、五香瓜子、牙签，甚至还有记录自己创作的诗句的小本子等。

李志鹏发现，光鲜亮丽之人，口袋里可能藏满了污秽，下里巴人的口袋里，可能装着他的上流理想。

口袋，实际上是另外一个世界。

鉴于李志鹏持续的卓越表现，总部破格将他提上了客户部。他所坐的工位职场风水极好，比大董的还要靠近经理办公室。

李志鹏知道，大董当然不会服气，这从大董默默把自己的垃圾桶塞在他桌子底下的表现就可以看出来。当然，让大董服气非常简单，在“赞助”同事们之余，多分几个客户给他就好了，反正北京地铁日均人流量好几百万。

相比于一枝独秀，这时候“阳光普照”是更聪明的做法。因此，李志鹏受到了每一个同事的喜爱，更是得到了优秀员工的称谓，得到了与伍梓桐同处一个会议室的机会。

在这个年度盘点大会上，李志鹏的视线几乎没有离开过伍梓桐，可伍梓桐似乎沉浸在自己的世界里，薄薄的嘴唇紧闭着。

“小桐这几年在公司的努力大家是有目共睹的，大客户的扩展，海外户头的管理，对吧？都做得有声有色。只是最近呢，不知道为什么，有点儿后劲儿不足哇。”总经理说着，从巨大的会议桌端头走到了李志鹏身后，双手摁在皮椅上，把李志鹏摁得矮下去半个头，“志鹏呢，则是我们的后起之秀，不甘于平庸，忍辱负重，有追求，有魄力，身上颇有当年你的风范嘛，小桐？”

听到经理点名，伍梓桐终于回过神来，抬起一双迷人的眼睛看了李志鹏一眼。睫毛翻涌，好像掀起了世界上最美丽事物的一角。

“志鹏啊，你以后要多跟小桐学习，大客户这一块，现在正缺少你这样的人才。”

李志鹏忙不迭地点头，沉醉在伍梓桐银河般的眼眸里，之后会议里，每个人的发言，听起来都像伍梓桐的嗓音一样甜腻。直到会后去厕所水龙头底下，李志鹏才洗掉自己眼睛里迷蒙的物质。太好了，所谓的“咸鱼翻生”大概就指的现在这种状况，他身下这条裤子仿佛到了这一刻才有了意义。

李志鹏已经迫不及待地想要再次被那双美丽的眼睛笼罩，然后，会不会有跟她对上话的那一刻呢？

然而，这一刻很快就到来了。

他从厕所甩手出来，在消防楼梯的拐角便听到了她的声音。在打电话，即便是在如此隐蔽的角落，她还是拿手罩住嘴巴，制造多一层的隐蔽。看她神色，慌慌张张，又故作镇定的样子，与平时的从容自信有些偏差。

李志鹏正在愣神中，防火门突然拉开了，没有防备的伍梓桐跟他撞了个满怀。

“你在偷听？”伍梓桐脸上愠色聚集。

李志鹏红着脸连忙狡辩：“没有没有，我刚走过这儿。”

伍梓桐显然没有被他的鬼话唬住，甩了一个严厉的表情，匆匆离开了。

能够让一个独立女性如此失态的，要么是男朋友，要么是危险分子。不过对于李志鹏来说，伍梓桐的男朋友应该跟危险分子要划为同一类。

“你刚来不知道，她从几个月之前开始，每周五都会申请外出，说是见新的客户，我看是会男朋友去了才对。女人到了这个年纪，都是会分心搞感情的啦，是你趁机上位的好时候。”大董给李志鹏沏了杯咖啡，殷勤地回答他的询问。

“知道她上哪儿见客户吗？”

“她搞得那么神秘，我可知不道，嘿嘿，我最多算是跟屁虫，不是她肚子里的蛔虫。”

现在，不是一定要当蛔虫才能摸清一个人的底细。李志鹏心想。

看着办公室里专心致志盯着电脑的伍梓桐，李志鹏源源不断地从自己口袋里掏出她的东西摆在桌上——

一根箍头发的橡皮筋、两颗棉花糖，以及一张男人的照片。

对于伍梓桐口袋里出现棉花糖这件事，李志鹏虽然有些小小的吃惊，但也能够理解。事实上，这两颗糖恰好能够证明，在伍梓桐冷淡强势的表象之下，不缺少一颗软绵绵的少女心。李志鹏喜欢。

但照片！？这年头，把亲密的人的照片放在钱包里的事情都很少见了，更何况是贴身放在口袋里。少女就够了，不用搞得这么肉麻吧。

照片上的情敌一副美国 ABC 的气质，鬓角分明，鼻梁高挺，从脖子的线条来看，身材应该也挺好的。从外貌上看来，每一点，都要比亚洲血统的宅男李志鹏要强很多。

形势不容乐观啊！

李志鹏愤恨地看了一眼伍梓桐。她仍然在聚精会神地操作着鼠标，可能因为过于认真，全身都在微微地颤抖，披在肩上的针织衫眼看就要滑下来了。李志鹏连忙往口袋深处插进去，那一头，一只手扯住针织衫的一角，慢慢将它掖回原处，才抽回来。

不过，只要没从她的口袋里掏出求婚戒指，自己就还不算输。

李志鹏像抚摩一只猛兽的毛发一般抚摩着自己的裤子，眼睛里的斗志快要撑破他的眼眶。

## 7

为了找到与伍梓桐进一步接触的机会，李志鹏展开了持续多天的“摸底”行动。

他发现伍梓桐放在口袋里的东西类型跟她所穿的裤子款式有关，穿工装的时候，会有棉花糖、橡皮箍。穿休闲装的时候，会有哈根达斯代金券、电影票。穿牛仔的时候，则什么都不放，大概是为了保持紧身牛仔的裤型吧。

但这些发现对于进一步了解她没有什么帮助。甚至有一次，偶然拿到了一条蓝色领带，倒是让他心惊肉跳了一番，不断脑补她跟男朋友温存的画面。

没什么可高兴的。

唯独在她穿短跑裤的时候，李志鹏可以把手指长久地放在她的腰下，趁她沉浸在运动中把异样的触感也当作运动带来的正常反馈时，感受她的温度。但这样的深入了解，不是他想要的，或者说，不是他唯一想要的。

这样下去，也许很快，他就会在她的口袋里面摸到那个ABC的手。

秋天的夜晚，李志鹏一筹莫展地躺在床上，以往这个时间，他会把打开录音的手机放进她的口袋。但往往只能录到她平稳的呼吸以及偶尔的猫叫声。

“好吧，或许节日的时候会不一样呢。”

今天是国庆节，李志鹏抱着最后的期待把手机伸进口袋。

半个小时之后，他回放录音，先是一段一如既往的沉默，然后是易拉罐变形的卡卡声，再之后，终于听到一个又一个残破的语音片段，男人的声音，时而亢奋，时而深沉，应该是聊天记录里的微信语音。最后，伍梓桐有些醉意的自语声终于响起来，她的呢喃紧接在那个男人说的：“你最重要，我没事的。”之后，“……好想再听你说这句话……我会努力，找了很久了……罗博俱乐部……进不去啊，我需要你……”

情史还蛮丰富的嘛，这个男人是初恋？李志鹏像牛一样反刍咀嚼着这些信息，得出来不少的结论：首先，在她至今无法忘却的那个人面前，ABC也得退到二线，和他李志鹏一起公平竞争。其次，对于业务下滑的伍梓桐来说，目前最迫切的愿望应该是进入罗博俱乐部。

金融公司的新员工培训手册中就说过，像罗博俱乐部这样的准入制会所，跻身其中的，不是大富显贵，就是政商名流。对于客户经理来说，是一座掘哪儿哪儿冒油的富矿。只是，要打入这样的圈层，不是一天两天的事，别说伍梓桐了，就是他们金融公司的老总，即便明暗里运作到现在，也没有获得入场的资格。

照李志鹏的理解，这得用比旁门左道还要偏的方式才管用。

罗博俱乐部由长安街嵩府老宅改建，古来出入就下十二道重锁，现在是采用最高端的电子安保系统，指纹加卡片双重识别。

卡片好拿。

至于指纹，那就得去淘宝订一套指模硅胶了，对于这一套流程，他是再熟悉不过。刚上班的时候，为了对付公司的指纹打卡，没少折腾过。

经过观察，李志鹏发现罗博俱乐部一般有两个保安轮流换岗。所以，他趁保安亭里坐着的那个老保安打盹的时候，把他红色英式宫廷风格的保安服下摆处的摁扣掰开，并且把硅胶片贴在了那颗开了的扣子上。

等到岗上的保安来敲窗，那老保安及时检查自己的服装，发现最后一粒扣子崩开，便毫不怀疑地重新摁好，迷糊中，让李志鹏获得了他的指纹。

当一张金色的门卡，和一团已经硬化固结的指纹膜忽然出现在自己眼前时，伍梓桐惊讶和惊喜交织的表现没有让李志鹏失望。有一瞬间，他甚至感觉到她想要从办公桌后面跳起来抱住自己。

“你怎么想到要搞这个给我？”

“客户部不都想要这个嘛，我一老乡在里面做保安，顺手要来了。经理，我想向你学习一下怎么做大客户。”

“嗯，我需要去里面求证点东西。”

看着她眼睛里由衷迸发出的柔情与赞许，李志鹏全身都酥软了。

当天晚上，他和伍梓桐便偷偷闯进了罗博俱乐部。这座庞大的宫廷式建筑，腰部以下保留中国审美，朱色梁柱，青色地砖。而腰上的穹顶，那些桃红与妖绿色的漆画却被悉数刷成墨黑色，用以配上简约的照灯，营造出一种国际化的高级感。

李志鹏却只感觉到乌云盖顶似的压抑。

伍梓桐从一进会所，便从背包里掏出一条领带来，捻着带面上的纹路，打开手机手电筒，跟周围的什么东西比照着。李志鹏偷偷看了一眼，是上次偶然从她裤袋里拿出来的那条。

“你在干吗？”他垂下声音问。

“哦……那个，找一个客户的信息，看看第一次见面的时候怎么做话术。”伍梓桐紧张兮兮地回答。

“原来不是你那个 ABC 男朋友的啊？”

“啊？”

“没事，没事。”李志鹏赶紧打住话头，不过心里头却是压不住的美滋滋，“我帮你找吧？”

“不用，其实我也不知道明确要找什么，你就在这边帮我放风吧。”说着，伍梓桐蹑手蹑脚地绕过影壁，往第二进走去。

李志鹏只好搓着手听话地等着。“有什么呢，我才不在乎偷学你的业务技巧呢，我要的是你。”他心想着。

咣当一声，紧接是带着回响的脚步声，一阵紧似一阵，把伍梓桐赶了回来。她满脸通红惊叫着说：“保安追过来了。”

只看见一个腰间配着电击防身器、手上挥舞着巡逻棒的黑人，没错，是黑人，叫嚷着如同 50 号公路上一辆失控的巨型皮卡冲过来。

李志鹏迅速拉着伍梓桐往门口冲。

大门里面还有一个开关，要摁下才能开门，一般会所为了美观，往往把它隐藏在软包之中。他们两个人看着门边一张高腿八仙桌愣在那里，桌上琳琅满目地摆满了各色瓶罐古玩。

李志鹏尝试地掰了一下一个琉璃瓶，大门纹丝不动。

眼看着“皮卡”已经追到剩下不到五米了。无奈之下，他拿手臂横扫过桌面，乒乒乓乓中，终于碰到了其中一个唯一吃力的侍女鼻烟壶。

大门终于打开，伍梓桐率先夺门而去，可皮卡也已经把李志鹏箍在自己钢铁牢笼般的臂弯里。

“李志鹏？！”伍梓桐打算回头营救。

是时候了，是时候说出那句话了，那句一旦出口，就会如闪电一般击溃她，点燃她，升华她的话。

“不用管我！”李志鹏拼尽了全力让头从保安的胳膊里冒出来，把眉毛拧结成视死如归的样子，睁大了眼睛说，“你最重要，我没事的。”

伍梓桐的眼睛果然跟着睁大了，生生愣在当场。这时候，自动门倏然关闭，把他们俩对视的眼神夹断了。

李志鹏陡然松懈下来，时间刚刚好，门再晚关一会儿，他就得露出此时被眼前这条黑胳膊勒住时必然会露出的真实表情，那是一种他打死也不愿意让伍梓桐看见的丑态。

李志鹏琢磨着等到伍梓桐应已经驱车离开，这才把手伸进口袋，又从保安屁兜里伸出来，找到他腰间的电击器，直接摁亮了开关。

跟着黑人保安一阵震颤之后，保安像一截印第安大杉树直挺挺地先行倒了下去。李志鹏抖擞了一阵，好歹坚持站住了，缓过神来。赶紧打开门，冲出了这个鬼地方。

## *8*

“爱人者，兼其屋上之乌”，心理学中把这种对特定对象的情感迁移到与该对象相关的人或事物上来的现象称为“移情效应”。而罗博俱乐部那晚的“别管我，你先走”剧码，李志鹏利用的是反移情效应。

伍梓桐爱上一个男人，继而爱上男人的口头禅，而现在，李志鹏想让伍梓桐从这句口头禅，爱上他这个人。有些绕，但多少有些作用的吧！

第二天，李志鹏特意迟到了，等到中午时分，才默默出现在办公室。伍梓桐把自己办公室的落地玻璃扯上百叶窗罩住，避世了一般。

李志鹏有些失望，讪讪地走到工位。

可他的屁股还没在椅子上落定，桌上电话便丁零零响起来。电话里，伍梓桐的声音比平常要温柔得多：“你没事就好，今天晚上下班别走，请你吃饭。”

李志鹏握着电话的手因为激动而冒出汗来，他再看那依然紧闭的百叶窗，顿觉得那根本不是避嫌的意思，而是害羞。

惯常来讲，今天应该是她跟那个 ABC 约会的日子才对。

“好的，伍总。”李志鹏差点儿没把自己的头点得戳在桌子上。

晚上的这一餐，餐只占十分之一。伍梓桐被“你最重要，我没事的”这句话敲开了坚硬的外壳，剩下十分之九的时间里，借着酒水，她将自己与初恋的相遇、相知、相恋悉数吐露出来。

而对于如何相离，她始终没有提及只言片语。

但李志鹏可以看出来，初恋的离开带给了她多少个怅然的日夜，她对初恋的思念，跟她喝下去的酒成正比。

“我都明白，我懂你。”李志鹏说着，就从裤兜里掏出一包茉莉味的心相印递给伍梓桐。

她闻到味道，用惊讶与感动交织的眼神看了李志鹏一眼。

是不是在想怎么这么心有灵犀？必然的，因为那包心相印本来就是她口袋里的。

“你跟他真的，真的，好像。”伍梓桐眼神迷离起来，细细的脖子已经撑不起她的头，渐渐靠向李志鹏。因为她的脑海里除了塞满初恋的影子之外，忽然多了几分对另一个男人的好感。

李志鹏把伍梓桐送回了家，拧了热毛巾帮她洗了脸，然后扶上床，仔细地帮她盖好被子。

听着床上女人软绵的呼吸声，李志鹏如坠梦中。就在几个月之前，他还是一团窝于圆珠笔、打火机中间龌龊的空气，能听到的，只有头顶上，她的高跟鞋敲击地板的铿锵声。

他抽回压在被子上的手。

“别走，陪我。”伍梓桐喃喃道。

好吧，既然这样的话……李志鹏鼓起勇气一屁股坐在了床上，慢慢俯下身子，他也不管此时自己在伍梓桐眼睛里是他本人，还是她初恋，只管僵硬地把嘴摆成桃心状，往她的嘴巴上贴去。

他感觉自己快要飞起来了！

不对，他是真的飞起来了，像一只被扔掉的破口袋一样撞在衣柜上，然后重重地跌在地板上。

几个魁梧的黑西装不知道什么时候出现在床边。扔他的那个人，正是照片中的那个 ABC。

迷迷糊糊醒过来时，他发现自己的双手被塑料扎带死死地扣在一张红木长椅上，扎带锁得够紧，几乎扎进肉里。而伍梓桐正被几个黑衣人控制在青砖地上，头发蓬乱。

这里是罗博俱乐部，ABC 扯了扯自己已经解开的领带，再次从地上揪起伍梓桐："约好送名单的日子不露面，还偷偷找到这里来，是不是不想活了？说，你是怎么找到这儿来的！"

伍梓桐轻蔑地一笑，吐掉嘴里的血痰："你告诉我的啊，你给我的那条领带上面沾了扬州香粉，依照《红楼梦》里的古方复原的，只有罗博俱乐部特供给顶级 VIP，不是吗？"

"好吧，我给你你男朋友的领带，是让你见见棺材，没想到你不掉泪，倒算计起来了。你自己不要命，连你那宝贝男朋友的命也不要了？"

"当然要了，给我他的命，我才给你我的名单。"

ABC 啧啧几声："够能耐的，大不了名单不要了，拿你们俩的小命找找乐子也不亏。"

"一个冰岛的黄金地库，一个南非国家发展银行无限制户头，一个哥伦比亚投资账户，按照你们的洗钱手法，至少能对敲青白资产五百亿。就这，我可是费了九牛二虎之力，花了大半年时间才搞定的，换了别人，要么没我这样的能耐，要么没我这样的胆气，想拿到这样等级的资金池，等个半辈子吧。你真的不想要？"伍梓桐底气十足。

听到这里，李志鹏总算明白了个中原委。这家罗博俱乐部，大概是一家洗钱组织的总部，ABC看中伍梓桐在金融公司的权限，绑架了她男朋友威胁她帮忙建立几个海外户头用来非法转移资产。没想到伍梓桐根据领带上的线索，找到ABC大本营来了。眼看自己的老巢都要被揭底了，ABC可不气急败坏吗。伍梓桐一把名单从口里吐出来，非灭口不可，连带他李志鹏。

“为了亲一口，该帮不该帮的都帮了，到头还得把命赔上？”李志鹏想想就为自己不值。

ABC哼了一声，往里间走去，过了几分钟，他押着一个大帅哥扔回伍梓桐身边。大帅哥穿一身名牌西装，唯独少了条领带，除了一脸憔悴，还是帅的，大有落难贵公子的派头。

伍梓桐上前就抱住了他。

李志鹏在心里狠狠啐了一口。

怎么看，自己都是伍梓桐故事里一个跑龙套的，关键时刻，让自己念了几句台词，就人五人六鼻孔朝天，人真正的男主角一出场，特写镜头就全给过去了，自己在角落了，只有等着领便当的份。

ABC抬腿把抱住的两人踢倒在地：“没时间给你俩腻歪，名单快拿过来。”

她不会跟男朋友团聚，被喜悦冲昏了头，真的把名单念出来吧。李志鹏担心地看着喜极而泣的伍梓桐。大家的脸都已经撕破了，典型的罗生门嘛，看过警匪片的人都知道，目前这样的情况，就得死咬着不开口，可能还能等来个天降奇兵之类的，最不济拼了，或许还能活一两个出去。

“你拿到名单了吗？”帅哥捧起伍梓桐的脸。

“嗯。”伍梓桐居然点点头。

“告诉他们，从这出去，我带着你远走高飞。”

“完了。这男朋友也是傻的，还远走高飞，你以为你是杨过吗？”李志鹏心想，“妈的，不能说，说了死定了。”

ABC猛地瞪向李志鹏。

李志鹏心里一咯噔，刚刚不知不觉把自己心里的担心说出了口。

“我还忘了你在这呢。她说与不说，反正你是死定了。”说着，ABC从口袋里掏出一把折叠刀冲着李志鹏走过来：“伍小姐，张先生，看好了，别以为我们做票面生意的不粘血。”

伍梓桐刚要站起来，帅哥张先生忙不迭地拦住她，唯恐引火烧身。

刀锋划破空气，直抵李志鹏的喉咙，他把手伸进口袋里，思忖着怎么从ABC的裤袋里伸出来，把刀夺过来。这时候，他还抱有这样的侥幸，直到他发现，ABC居然穿了一条鹰牌的经典运动裤，裤袋口设计了一条拉链，拉得严严实实的。

李志鹏咽下一团巨大的口水，这下是真的死定了。他抬眼看着伍梓桐，确认她的漂亮，让自己把自己搞到这种地步不会后悔。但说真的，临到头了，他全身骨架还是全都抖起来了。

ABC也是不讲客气的，最后几厘米，刀口直接翻上来，就势捅向李志鹏的喉管。

李志鹏没有叫，倒是坐在地上的伍梓桐感觉后腰一沉，惊叫起来。

刚刚还在刀口下受死的李志鹏，一瞬间居然出现在了伍梓桐的身后。李志鹏自己也挺吃惊的，千钧一发的时候，他脑洞大开，尝试把手伸到底，没想到有股吸力牵住他，一哧溜，整个人翻进了口袋，从伍梓桐那头钻了出来。

在场的人只看到一个大活人像个撞见黑洞的星球一样坍塌进口袋的空间，最后空中一只口袋尖翻了个个，便完全消失了。

趁大家都被“灵异事件”震惊的当口，李志鹏拉起伍梓桐的手便跑。这条逃跑路线之前来过一遍，他跑得轻车熟路，几秒钟便蹿出了门。

奔跑在暗夜的寒风中，伍梓桐这才反应过来，急忙挣脱李志鹏：“我男朋友还在里面呢！”

“他……他有问题，他跟他们是一伙的。”见伍梓桐还要把自己送入虎口，李志鹏脱口而出。

“你怎么知道？”

李志鹏不得不从自己口袋里掏出来一张罗博俱乐部的贵宾卡，那上面印着的，是那帅哥张先生的头像。

“在这里，他根本就是出入自由，还装出一副被软禁的样子。”

伍梓桐端详着那张所谓的“证据”，完全无法相信。

“不可能，他不可能。再说，你怎么找到的这张卡片。”

“就在他口袋里，刚刚我从他口袋里摸出来的。你不觉得作为一个被囚禁几个月的人质，他的胡子有点儿太干净了吗。至于我为什么可以从别人口袋里掏东西，刚刚你也看到了。”

伍梓桐摇摇头：“我只认为刚刚是某种幻觉，一定是我的脑袋出问题了。”

李志鹏叹了口气，只好说：“你现在的口袋里放了一只橡皮头箍对不对？还有，我之所以知道你喜欢茉莉味的纸巾，那是因为那纸巾根本就是从你口袋里摸出来的。还有那句话‘你最重要，我没事的。’也是从你口袋里偷录到的。还有……你以为像我这么个一说话就脸红的人，不突然拥有这样的能力，怎么会突然拿到这么多订单……这下你总相信了吧。”

“你是说，你一直在通过这个所谓的超能力，骗我？接近我？”伍梓桐死死盯着李志鹏。

李志鹏不敢跟她的眼神对峙，而此时，ABC 已经咬着折叠刀追了出来。

“不行，我得回去，我怎么知道这张卡片是不是你设的又一个局？”

没等李志鹏再解释，伍梓桐毅然转身朝 ABC 跑去。李志鹏刚追出几步，ABC 的手便朝他的领子抓了过来。

余光中，远远的马路对面走过来一个路人。情急之下，李志鹏又使出口袋穿越那一招，倏然之间，空气中只剩下一只正在翻转到虚无中的裤带尖。

ABC 一把将那裤袋尖抓住。

马路对面，李志鹏有半只裤袋还连在那路人的口袋中。惊吓之中，路人只管推搡着往外跑。两个人缠扭在一起，谁也走不远。

眼看着 ABC 身边的小弟往这边跑过来，李志鹏咬咬牙，扣住裤袋猛地一扯，便把整个裤袋留在了路人身上。

ABC 远远地朝他做了个打电话，加割喉的手势。大意是如果报警就杀人的意思吧。

李志鹏仓仓皇皇，像断尾的壁虎一般，夺路而逃。裤管里的破洞猎猎生风，奔跑中的他，心口也破开了一个大洞。

# 9

一张公告张贴在办公室的招贴栏中，寥寥几句话，宣布客户部总经理伍梓桐因个人原因自行辞职。在李志鹏看来，那更像是讣告。

对于伍梓桐的突然离开，同事们并没有做出除了窃窃私语之外，更多的反应。只有当李志鹏经过他们的时候，以大董为首的一帮人才忽然围上来，递烟的递烟，点火的点火，恭喜他挡在路上的石头自己滚了，离经理的位置就一步之遥了。

李志鹏把双手插进口袋，摸到裤底的破洞，它已然退化成了一个普通的破口袋，除了有兜不住东西的特长之外，再也没有了其他超能力。

“等我原形毕露的时候，也是你们原形毕露的时候。”他心里怅然、悲伤、惊惧、羞愧交织在一起，大有破罐子破摔的势头。心心念的，全是那晚伍梓桐扭身回去的时候，她眼神里对自己的厌恶。

就算是大董他们，也没给过这么伤及他人格的表情。

不多天以后，业绩表出来了，李志鹏自然而然回到了垫底的位置。上头对此事的反馈很快到来，各种交心、谈话、鼓励、威胁。而大董他们，一时还站在之前的惯性上，表面对他还是有所顾虑的。

李志鹏常常花半天时间待在厕所。在这个污垢横流，专门用来排泄黑水的地方，他才能听到大董他们的真实想法。

“洗手液都快没有了，干花也好久没换过了。”

“别急嘛，我看不用多久，某人就得回采购部了。”

“我都有点怀念他那魔性的笑声了。”

“哈哈，你说他怎么一下子就不行了。”

“你还没看出来吗！？伍梓桐一走，他立马就交不上订单。这中间的猫腻，还用我说？”

李志鹏把手里的卷纸捏得咔咔作响，不过，一个是傍大腿，一个是靠超能力，其实没什么区别，他在这件事上本来就没有什么底气。

“我就不明白伍梓桐看上他哪一点。之前开欢迎Party他被我们弄的那一次，伍梓桐在会上把我们骂了个狗血淋头，护小狼狗护得那叫一个尽心。对个loser这样，不是真爱是什么。”

“我看啊，她就是善良。”

“你这话不错，伤人，哈哈。”

听了这些话，李志鹏剩下半天也把自己关在了厕所。回想起之前种种，他跟在休息间接热水，伍梓桐帮他把住热水阀；他故意留到最后一个下班，跟回来加班的伍梓桐在门口碰见，她递给他一支好炖；年会上，同事们逼他上报男扮女装唱传奇的节目，她拿掉。

确实，她就是善良。

善良的人不爱你，就不善良了吗？

李志鹏恨恨地抽了自己一耳光，哗啦啦从马桶上站起来，直接冲到了大董的办公桌前，命令到：“把伍经理准备拿下的大客户名单给我。”

在这份名单里，只有一个叫张老板的，是罗博俱乐部的会员。

张老板做影视公司多年，作品却没见出产多少，凭借几部微电影，居然每年赢利上亿，一看就是做幌子的。据说，他早年在香港混过，手里有几桩命案，藏得很深。

正正经经一个客户都没做过，一下子来这么大挑战，又没有口袋的帮助，要从他身上套出ABC撤出罗博俱乐部之后的新地址，李志鹏很是为自己捏一把汗。他仿佛回到了刚进公司那会儿，忐忐忑忑，像个贼似的来到张老板的公司楼下。多亏他做着采购，每天还会看一会儿专业书，知道做业务的第一步，是找到客户的兴趣点，做一场漂亮的开场白。

张老板每天不定时来公司，经过大堂带等电梯，也就不到一分钟的时间。这一分钟里，李志鹏张开了自己全身的信息接收器官，疯狂地观察与张老板相关的一切细节。

他的座驾是一辆红旗，喜欢穿名牌套装，不喝咖啡，习惯乘坐靠里的电梯，有三个不同的秘书，用三星手机……

李志鹏在脑海里组织消化这些信息，可没有一件，让他灵光一闪，找到跟张老板搭讪的机会。

直到有一天，张老板在大厅接到电话，李志鹏第一次听到他开口。

“喂，我都跟你说……说过的啦，这……这件事情很……很好解决的啦。”原来是个结巴。

看他尽量压低自己声音的表现，大概也为自己的口齿不清而有些自卑吧！

李志鹏当即掏出电话往电梯厅张老板身边凑，对着没有接通的电话大笑起来，他魔性的笑声响彻整个大楼。

张老板不免看他一眼，李志鹏立马也装出一副脸红的样子。

“你……你有去看过医生吗？”

开场白，是张老板主动做出来的。李志鹏欣喜若狂，又大笑了几声。

打这个同病相怜的话题开头，接下来几天时间里，李志鹏跟张老板的关系渐渐亲密起来。或许是在采购部的仓库待久了，内向久了，他习惯于惯常，习惯于倾听，因此，对于常常顾虑隐疾，很少畅快说话的张老板来说，他是一个最好的聊天对象。

在关系巩固得差不多的时候，李志鹏终于提到自己的视频公司因为陷入丑闻即将破产，有大量个人资产没法转移的问题。

“这个问题我……我懂的啦。转移不是问题，我还……还可以帮你介绍跑路。”

“一个一个来嘛。”李志鹏又是大笑。

张老板一把拍上他的大腿：“我就喜欢像你这么开朗的人。”

就这样，李志鹏跟着张老板来到了 ABC 新的据点——一家高端商务英语培训结构。

李志鹏在校长办公室见到了帅哥张先生。

“那我就开门见山了。张先生这里有没有冰岛、南非、哥伦比亚的户头？”

帅哥张先生把手中的马克杯往桌上一放：“你跟伍梓桐，一个缠人，一个嘴硬，真是天生一对。”

“哪有你演技好。我猜，除了伍梓桐，你还有不少金融公司的女朋友吧？”

张先生打了两个响指，ABC 和一帮兄弟齐刷刷冲进来。李志鹏扑哧一声乐开了，这些人吃一堑长一智，都穿着没有口袋的裤子。

“今天看你怎么逃。”ABC 说着就要冲上来。

李志鹏从张先生桌子上抽起一张名片，把手插进口袋，慢悠悠地说："知道现在我的手通到哪个人的口袋吗？"

ABC 赶紧站住脚。

"警察局长。"

"行吧。"张先生把自己的双手举到耳边，"裤子留下，伍梓桐在102一对一教室，你领走。就像你说的，我不缺女朋友。"

## 10

李志鹏穿着裤衩挽着伍梓桐从培训机构走出来，他们身后，张先生手上宝贝似的搭着李志鹏的裤子，正安排员工们收拾东西，去下一个隐蔽的老巢。

坐在出租车里，伍梓桐终于捂着脸哭起来："我没想到他竟然是这样的人。"

"好了，好了，都过去了。"

"我过不去，他骗了我那么多年，我心里的气咽不下去。"伍梓桐愤恨地整理着自己的头发。

"我帮你咽下去。"李志鹏呵呵一乐，"他现在还做着拿我的裤子做资金转移工具的美梦呢，那裤子早就坏成破烂了。不，不是破烂，我在裤边里还缝了个 GPS，估计过不了多久，他刚把新家收拾好，警察就得敲门了。"

伍梓桐看着李志鹏咬紧牙关的样子，愣愣地说："我也没想到你是这样的人。"

李志鹏终于憋不住，哈哈大笑起来。

"不过，你笑起来确实蛮吓人的。"

李志鹏挠着自己的脑袋："谢谢你一直没把这句话说出口。"

又是一个繁忙的工作天，伍梓桐站在商场门口，向路人们发放着新公司的传单。

一只香草冰激凌忽然戳在她眼前。

“你怎么知道我喜欢吃冰激凌？不会又掏我兜了吧？”

“没有，我手在这呢。”李志鹏一手抱着传单，一手搂了搂伍梓桐的腰，“女孩子，大太阳，不就得吃香草冰激凌吗？”

# 地狱代购

## 1

如果说忌妒这种情绪的产生是明确的，那它的爆发则是不期而至的。

这天早上一上班，休息室里，戚蕊撞见新来的女实习生安琳穿着包臀短裙，翘着高跟鞋，一双腕子美好地撑在小圆桌上。阳光透过来，这女人歪着头看着滤挂咖啡里一滴一滴往下落的褐色液体。

戚蕊扫了一下那咖啡的包装，居然是来自牙买加的蓝山。她端着马克杯在饮水机前冲泡着自己的速溶咖啡，心里的忌妒如手中渐热渐满的杯子一样，慢慢有些拿不住了。

一个新人，职位没我高，长得不见得有多漂亮，可就是有钱（这事可真新鲜），可以方方面面打扮自己。最关键的是，她也不是什么富二代，几个月前跟每天拿乐扣乐扣带饭的女草根一路货色。

不就是代购了一款卖得不错的面膜泥嘛，干这些杀熟的营生发家，她不以为耻反而在所有人面前耀武扬威！

戚蕊愤恨地划开微信，看着自己冷冷清清的微店，商品琳琅满目，销量却只有个位数，忌妒之心无法自持。

她始终不明白，自己标榜从韩国永登浦洞代购回来的纯天然韩式面膜，怎么就敌不过安琳店里那唯一的一款黑色玩意儿。虽然我的东西并不一定是亲自坐飞机买来的，但她的更是个名字都没有标明的三无产品，况且，只是随便拿个劣质的自封袋装着。

以为自己在办家家吗？戚蕊愤愤不平。

但看到那黑色玩意儿底下的评论，虽有不忿，但也不得不服气。

有人说虽然包装简陋，到手的时候瓶盖还没盖严，但只是刚刚处理了一下这些溢出来的残液，还没正式开始用，立马就发现自己的手白嫩了很多，一万个赞！

有人说闻起来有一股奇怪的味道，好像沥青跟硫黄搅拌在一起发酵了几个月，刚抹在脸上还提心吊胆的，但睡了一觉之后，效果真的是超群。

有人追评说，虽然价格贵，但用完这个之后，别的大牌都入不了眼了。店主真是神人，也不知道是从哪里代购来的。

## 2

临睡前，戚蕊从包装盒里取出了匿名从安琳微店订购的面膜泥。

一如微店图片上显示的，只是一小袋黑乎乎滑腻腻的东西，手感发糯，恶心巴拉的。要说跟自己代购的黑猪泡泡泥有什么区别，就是这玩意儿不注重包装，没有拿香精掩盖它由内而发的，一种沤了千百年的蛋白质的腐烂味道。当她把黑泥从自封袋里挤出来，一股脑涂到脸上的时候，满脸飘散着仿佛是从某种神秘腔洞里飘出来的臭味，实在令人不堪忍受。

戚蕊勉强自己闭上眼睛，好歹在床上躺了一分钟，她就不相信这东西能有评论里说的奇效。然而，随着时钟的走动，她终于还是挫败地感觉到了这款面膜的神奇之处。

面膜覆盖之下的皮肤越来越通透舒爽，好像有无数小手在掏弄她成千上万个毛孔。舒服极了，甚至可以说，更像是有无数只手穿越了毛孔和她的头盖骨直接按摩到了她的大脑皮层。

出于对竞品的好奇，戚蕊睁开了眼睛。她发现，这种被掏弄的感觉不只是一种感觉——面膜在蠕动，在台灯的照耀下，如波光粼粼的石油湖面——她吓得叫出声来，哆嗦着从额头开始揭下它……

成千上万根黑色的细丝从毛孔里牵扯出来，它们比戚蕊想象中要长、要韧……就像，就像，拔丝香蕉，就像一顶蠕动着的假发。它们被扔在地板上，一触地便枯萎干结，变成了一团绒毛状，好像某种不具名多毛软体动物的尸体。

戚蕊尖叫地跳出去很远，见那东西并没有带来再多动静，好半天终于恢复冷静。

即便在心有余悸之余，戚蕊却依然无法忽视自己的脸，自己的脸前所未有地清爽。实际上，如果不看疗程看疗效的话，这面膜真的是这个世界上最好的一款。这是让戚蕊高兴的一点，而另一点是，她终于抓到了在安琳微店给差评的理由。她还拍了面膜的“尸体”以及自己用手捏红的半张脸，以便在朋友圈散播这款面膜有多么诡异的言论。

“求安慰，半张脸被蜇得火辣辣地疼，撕下来是这样，好恐怖，这一定是来自地狱的东西。”她说。

## 3

戚蕊的信息在朋友圈里激起了不小的风浪，虽然没有指名道姓，但大家都知道她所指的正是安琳。戚蕊的抱怨为其他同事打开了一个宣泄忌妒之情的出口，平时与安琳和睦的另几个实习生也悄悄转发，并选择安琳不可见。

戚蕊下班的时候故意绕道安琳的工位，想说看看她还能不能神气起来，却扑了个空。趁着安琳不在，一个实习生正偷偷用订书机把安琳桌上的文档口订住，满脸挂着的是掩饰不住的恶意的笑。

“安琳早退了？”

戚蕊的问话吓了实习生一跳，她慌忙把订书机藏在背后，唯唯诺诺地说安琳今天就没来上班。

戚蕊嘟囔了一句：“那我怎么没收到假条呢？”

安琳这小妮子是在跟我示威呢吧！她想。

看见戚蕊脸上慢慢集聚的愠怒，那实习生不敢接话，只是故作镇定地拉开安琳工位的抽屉，把订书机丢了进去。

那抽屉里塞满了深褐色的药瓶子。

戚蕊的眼睛抓住这一瞬，从里面掏出一个来。这玻璃瓶子半指来高，里面残留了一瓶底的液体，铝皮包裹的橡胶瓶盖上有一个针孔，看来是注射药。可惜看不到是什么名字，标签被安琳撕掉了。

戚蕊把抽屉往外又拉开了一点儿。药品后面，藏了许多用过的针头，有的挂着血丝，有的粘了些黏稠的浆液，貌似是呕吐物。

戚蕊心底泛起一阵恶心，同时对于藏了一抽屉针管不知道做什么用处的安琳，又有些惧怕起来。

回家的一路上，戚蕊的思绪夹杂在怎么样借这个事情在公司再让安琳喝上几壶与如果这样做安琳这个让她摸不透的人会用什么手段报复自己之间。刚走进电梯，她便收到了一个微信，居然是安琳发过来的，她说：“戚总监，面膜的事情实在不好意思，我想了很久，觉得还是登门拜访当面向您表达我的歉意比较好。这个点儿，您应该下班了吧？我已经到了，等您来开门。”

看到这里，戚蕊浑身发紧，她抬起头开看着电梯顶上，那个不断接近自己所住楼层的数字，慢慢捏紧了自己的挎包。她想象安琳站在黑暗的楼道里，像一团凝固的影子，等着自己上门的画面，就觉得事情不会是道歉这么简单。

## 4

电梯门“哗啦”一声打开了。戚蕊先小心翼翼地伸出半个脑袋，确认了一下楼层，然后才把整个身子探了出来。

这是她家楼下一层。

戚蕊觉得抵达之后，电梯门哗啦啦的那一声响势必会引起安琳的注意，所以她决定提早一层下来，然后沿楼道上去，那样可以避免安琳的突然袭击，也可以给她多一些观察周围环境的时间。

看到了那些带血的针头，她现在认为，安琳不像她表面的那么好欺负，多少有些病态，像是会突然拖出一把刀插在她肩头的人，现在防范一些总归没有错。

楼道里黑浓得化不开，有如一截深埋在地底逾千年的空间，黑色又发酵出更黑的黑色，沁入闯入者的眼球里。抬头看去，只有上一层楼道门上竖条状的玻璃窗中透进来一点儿电梯厅里的黄光，尚能让人辨别出目的地。

戚蕊扶着墙，一寸一寸地挪动自己的脚，小心地没有发出一丁点儿导致楼道里的声控灯亮起来的声响。

她死死盯着头顶上发光的门，辨认着那扇门里任何异样的响动。然后，视线便落到了门底的缝隙上。那里有一条细细的黑线，从门里穿过门缝一直牵扯到她脚下的阶梯。

黑线在缓缓移动。

她的脚指头立马感觉到被什么细碎微小的东西擦了一下，脚下一软，吓得一屁股坐在了楼梯上，跟那根会动的“黑线”又凑近了一些。原来是一队正在运东西的黑色工蚁，每一只头上都顶着一小片像是石膏、云母一样薄薄的白色物质。

那半个身子在黑暗中静静地伫立着，那对蚂蚁正沿着半条腿上的红色高跟鞋爬下来。

戚蕊还没来得及发出惊叫声，底下的蚂蚁却忽然全都昂起了头，发出了类似新生婴儿才能发出来的尖利哭声。这样看起来，这些黑色的虫子一定不是蚂蚁。她吓得后退了几步，再一抬头，发现安琳站在了玻璃窗前冲她笑，嘴角咧得很开。

“我刚刚有敲门，听到里面有动静，是有家人在吧？不知道为什么没来开门。”

戚蕊哆哆嗦嗦地把手搭在膝盖上，局促不安地回答：“哦，那是我妹妹，她……身子不方便，终日里躺床上的，轻易不应门。”

见戚蕊始终盯着自己的嘴角，安琳半张着嘴笑了笑，说道：“这是噬骨虫。”

安琳的颌骨处皮下，无数个小凸起耸动着，好像两瓣会蠕动的苦瓜。那些黑虫子一只一只顶着白色的块状物沿着她的嘴角爬出来。

“可以帮你啃掉多余的骨头，瘦脸。”安琳又笑。

眼前这个超现实的画面把戚蕊震慑住了，她礼貌而恍惚地把矿泉水递给安琳，心里有无数个问号，却不知道从哪里问起。

“没错，它们是来自地狱的东西。”安琳相当坦诚，“包括你用过的那个面膜，它的效果不会差，但是对于一般人来说，使用过程确实令他们难以接受。我今天来，就是想告诉你，我的东西无疑是好东西，戚总实在不能接受的话，也没办法，支持一下小妹创业咯，至少不要给差评嘛。要是戚总觉得还行，今天这个噬骨虫我送给你好不好！？新产品。”

安琳说这话的时候，把自己的脸凑近了戚蕊，最后一只虫子叼着安琳最后一块多余的颌骨从她嘴里爬了出来。安琳之前还有些婴儿肥的脸，此时变得又尖又长。

确实是非常惊人的效果，戚蕊犹犹豫豫地问："你是怎么弄到这些东西的？"

"自杀。"安琳抬头喝水，一双大眼睛在矿泉水瓶子后面观察着戚蕊的反应，她的眼神被扭曲的瓶身折射出来一抹神秘感。

"确切地说，是想办法让自己进入濒死状态，这时候你会看到一条通往地狱的灵魂通道从你眉心那块，慢慢地打开。打开了，就爬进去，在那里找到你要的东西，然后在洞口关闭之前爬出来。这个洞打开的时间，取决于你弥留时间的长短，通常根据自杀方式的不同而有所区别，跟你把自己唤醒的方法也有关系，这个程度是很难拿捏的，一不小心就过去了，我一般是给自己注射微量毒药去死，然后在自动注射解药的装置下活过来。所以你看，做'地狱代购'是很不容易，很危险的。"

"而且是很难令人理解的，冒着生命危险做这种事情……值得吗？"戚蕊嗓子发紧。

安琳笑了笑："当你拿到订单，获得好评，收到钱的那一刻，就什么都能理解了。到时候，不仅会理解，而且还会想方设法延长弥留时间，以便进入地狱更深处，拿到更神奇的产品。"

## 5

安琳的噬骨虫在微商上大受欢迎，因为只此一家别无分店，即便售价不断上涨，销量还是节节攀升。她风光地辞了职，来公司打包个人物品的时候，开来的是一辆保时捷。临走前，还请同事们去了一家昂贵的日本料理店。尽管大家都报复性地点了很多看起来没有必要的菜，但结账的时候，安琳还是笑眯眯的。

那一天，大家都把自己灌醉了，特别是戚蕊。

她的钥匙怎么也插不进锁孔里，拍了将近半个小时的门，才听到门锁咔嚓声。从小得小儿麻痹的妹妹戚蓉腰部以下瘫在地上，她一手撑地，把上半身昂到极致，另一只手才勉强够到门把。为了开一个门，她浑身都湿透了。把戚蕊扯到床上，又令她气喘了半天。

一切都是因为腰下这两条累赘，疙疙瘩瘩扭曲盘缠，恶心了她二十多年。

很多次，她趁家人不注意，菜刀都举过头顶了，照着大腿根要一刀两断，一了百了。但，每次到了最后关头，想到姐姐戚蕊从小到大是如何怜惜并悉心照顾自己，如何找一切机会开导训诫自己，便觉得未来的自己未必是行走在一条注定没入黑暗的道路上，因而始终做不了最后的决定。戚蕊就像戚蓉手里握住的一根悬丝，让她抱有一点儿信念，苟延残喘至今。

后半夜，戚蕊从噩梦中惊醒之后，就一直无法再闭上眼睛，脑海里满是安琳保时捷的引擎声和她叫服务员开出一瓶昂贵红酒时高亢的招呼声，像几千根银针刮擦着她的头盖骨。

戚蕊知道自杀是怎么一回事，从小到大，她撞见过戚蓉自杀未遂的场面太多了，似乎……想真的死透，也不是那么容易的事。这就为她假性自杀的计划，带来了不少信心。

戚蕊把电风扇的网罩打开，卸下了扇叶，并找来一根麻绳，把两端交错拴在风扇转轴上，最后把自己的脖子套进了绳圈里。

第一次，她定时半分钟。这半分钟时间里，风扇转轴像拧麻花一样把绳圈渐渐收紧。她眼睁睁地看着绳子掐住自己的气管，越陷越深，转轴开始吃劲儿，紧接着感觉呼吸有些吃力。

在戚蕊的大脑刚刚闪现“死亡”这个词时，设定的时间到了，绳圈一下子松卸下来，她大大地吸了一口气，迅速找回了活着的感觉。这一次尝试，又一次增加了戚蕊把自己的性命拿捏在死而不僵这个绝佳状态的自信。

第二次，戚蕊把时间翻番，定到了一分钟。

最后关头，风扇转轴发出了咔咔声，不过此时的戚蕊已经听不到了。就在她闭上气门的瞬间，脸上的那双眼睛闭了起来，脑海里却同时睁开了一双眼。她看见白茫茫一片里，一个黑洞由一点越开越大，最后变成一个市政下水道的大小，幽幽地悬在她面前。

戚蕊躬下身子立马钻了进去，爬了大概十米，身子一沉，掉进黑漆漆的一片虚无里。

等她适应了这一片儿仿佛集齐了人世间所有的黑的死亡地带，放眼看到的，是一片地形怪异的广袤大地。到处布满了纹路扭曲的石头，像毛细血管一样的河道以及缓缓蠕动着的大小不一的不明物体。

戚蕊脚下，一条羊肠小道引向黑暗的更深处。小道上的“土壤”软软的、滑滑的、腻腻的，一脚踩上去，立马从一个个小孔里汩汩冒出来许多黑油，好像踩在了一只巨型无毛生物正在腐烂的尸体上。

戚蕊拿手指捻起那黑油，这不就是安琳的那款面膜泥吗？又拿脚后跟往地上用力碾了几下，更多的黑油像矿藏一样源源不断冒出来。戚蕊估摸算了算，就这一脚，安琳至少就赚了万把块。没等她做更多感叹，她身后从黑洞里射进来的光芒开始晃动起来。

那个洞好似一个渐渐愈合的伤口，眼见着关闭。戚蕊赶紧胡乱抓了一把黑油在手里，返身钻回洞中。洞壁波浪一样动荡着，戚蕊找不到着力点，爬得异常艰难，幸而她之前离开洞口不是很远，在洞口呼啸着关闭的最后一刻，好歹把自己一个零件也不少地带回到了现实世界。

电风扇准时停止了转动，戚蕊猛然睁开眼睛，被掐死一分钟的气管重新抽上气来。

“好险！”

灵魂刚归位，戚蕊便急忙检查自己手里最后抓住的那一把黑油还在不在。手是干干净净的，一如她“死”之前。

戚蕊遗憾地叹了一口气，就这一口气，叹出来的却是一嘴的黑油。原来，在地狱抓住的东西，是从她嘴里涌出来的。

第二天，戚蕊的微店便更新了。

上架的新品是跟安琳同款的面膜泥，包装上更上档次一些。这带给了她开微店以来从来没有过的漂亮销售数字和可观收入。但此时的安琳已经开卖那个噬骨虫了，这回还是用的不能算是包装的包装——一片全麦面包，外面再套上一个自封袋，那些虫子就藏身在面包片的气孔里，可是，销量是那款面膜泥的两倍。

刚赶上安琳的业绩，人家又出了新的爆款，可想而知，戚蕊的成就感并没有持续多久。把衣柜里所有的衣服全部都换成了自己喜欢的款式，帮妹妹戚蓉购置了一套来自北欧的睡眠系统，都没有让她高兴太久。

不过就是人家“死”得比自己娴熟，可以在地狱之路上走得更深而已。

随着一遍遍进入地狱，戚蕊不断加深了对自己生命力的了解，电风扇的定时已经可以达到两分钟。即便是这样，走在地狱里那条羊肠之路上，眼巴巴前面不远处就可以看到一棵枯树上爬满了噬骨虫，她却总是来不及迈出最后那几步就得折返，时间还是不够，对于自缢这种死法，她已经探索到了尽头。为此，戚蕊查阅了许多科学杂志，希望可以找到一种可以让“死者”获得更多弥留时间的死亡方式。

在一本《柳叶刀》杂志上，她第一次看到了“生命冷冻学”这个专业名词。

工人们把一台大容量的冷柜抬进了客厅，戚蕊此时已经瞒不住自己的诡异行径。事实上，她现在脑子里全是如何拿到虫子，如何赶超安琳，也不在乎戚蓉知道自己的所作所为。

听完戚蕊专心研究冰箱使用方式时几句不耐烦的解释，戚蓉才知道自己的姐姐这些日子日渐憔悴的原因，还有她脖子上那些消了又长的勒痕的由来。

戚蕊决定把一台定在一个小时之后开启的小太阳和自己一起塞进冰柜，戚蓉百般劝阻她，就像她当年百般劝阻戚蓉不要自杀一样。

戚蓉坐在躺椅上，喋喋不休，晓之以情。

戚蕊正为自己制造的绝妙自杀机器得意着呢，心里酝酿的全是打败安琳的大计，因此不耐烦起来，居然恶毒地回了一句。

“再怎么劝我，我都不会感谢你的。自己说实话，今天你落得个成天躲在家里，不敢见人的下场，对当年那个挡着你去死的人，就真的没有一点儿恨意吗？我倒是有些后悔了，那时候不懂得你现在会如此生不如死。”

戚蓉听了，立马闭上了嘴巴，脸上的表情也跟着倏忽消失了，就像她的下半身一样凝结干枯。

关上冰箱门大概45分钟之后，已经全身麻木的戚蕊感觉到冷气从鼻孔沁入了自己的脑子，原本晃荡莹润的脑浆，慢慢挂满了晶霜。不一会儿，源自大脑深处忽然的一个寒战，打开了戚蕊的地狱之门。

爬过黑洞，来到之前用尽方法抵达过的最远距离——那棵枯黑的树前，戚蕊扭头看了一眼远处的洞口，没有塌缩的迹象，看样子新方法奏效了。她把手掌弯起来，沿着树干刮了一下，便把厚厚一层噬骨虫拂到了手里。戚蕊抑制不住地笑起来，可她刚准备把另一只也装满，背后还是响起来她不想听到的动静。

灌向那个洞口的风比平日里要急，也就意味着，那个洞口回缩的速度要比平日里快。戚蕊骂了一句脏话，甩开膀子就往回跑，最后几乎是像湿着手穿皮手套一样把自己硬挤进洞口的。自顾都不暇，手里的虫子自然一只不剩全都漏掉了。

在冰柜里醒过来的时候，戚蕊抱在怀里的小太阳已经启动有一段时间了，哔哔啵啵的电热管直照她的面门，她却感觉不到任何热度。事实上，从冰箱里爬出来两天了，戚蕊还是全身乏力，脉搏微弱。

看来还是差一点儿，她想，之前所有的努力真的是到了自己的极限了，所谓的元神大伤也不过如此吧。

同样是人，同样是女人，为什么安琳就可以“死”那么久？戚蕊百思不得其解。听说安琳搬进了一个大豪宅，而且注册了自己的化妆品公司，准备要创业了，向着传奇女强人的身份攀爬。而就在半年之前，她还是一个面试的时候在戚蕊面前紧张得不停搓手指的毕业生。

“这简直太不公平了，她一定瞒了我很多事情，自己留着私货。”

看着安琳微店与日俱增的销量，戚蕊无法抑制自己的愤怒。

## 6

安琳所住的别墅并不难找，她的房子是这个新建的托斯卡纳别墅区里唯一到了大半夜还灯火通明的一栋。如果没有猜错的话，大半夜正是她的“生产”时间，而她的厂房就是自己的卧室。

戚蕊雇来的那个年轻人轻松地翻过围墙，玩杂技一般沿着水管攀到二楼，从窗子闯进这所别墅，然后帮戚蕊打开了大门。年轻人收了钱之后逃也似的跑了，临走前，脸上挂着的是满满当当的惊恐，而他的惊恐正是经过安琳卧室时带出来的。

戚蕊吞了吞口水，疑惑地走了进去，只见安琳正熟睡在自己的床上，一根注射管从她的动脉牵扯出来，连接到挂在床头的一支吊瓶上。吊瓶里装着半瓶透明液体，而液体的上面铺着一层比液体密度更小的油状物。那应该就是她的定时装置了。

这样的点滴瓶在床边摆了大概有十多个，旁边还堆了几箱药品待用。

看来，安琳的生产效率很高。床柱上，窗帘上，地板上，还有卧室里其他家具的表面爬满了刚刚从地狱里带出来的噬骨虫，她像是把整个地狱搬进了自己的卧室一样。

戚蕊被眼前这一幕热火朝天的“生产”景象所震撼，正愣神间，一只像是巨型蚊子和深海乌贼结合体的生物扑闪着透明的短翅掠过她肩头，落在了不远处的台灯上。它有一盘卷起来的针形口器以及一只光溜溜鼓囊囊的腹囊。这玩意儿是安琳从地狱更深处找来的吧？是她的下一代爆款？

看着那东西悠闲地拿尖利的下肢挠着脑袋，戚蕊红了眼睛，深深地叹了口气。她径直走到安琳床边，二话没说就把点滴瓶取了下来，从地上的一堆药品里拿了好几支，全部注射进了点滴瓶里，这样，安琳沉睡的时间会远远超过她所设定的那个安全值，永远别想从地狱里爬回来。

安琳究竟为什么会获得比自己长那么多的弥留时间，这已经无关紧要了，既然她那么想待在地狱，就让她的这趟“代购”之旅有去无回吧，爱找多少爆款找多少。从此，我一家独大，就算只卖那些面膜泥，也够我赚出一个让人忌妒的明天了。

安琳的死使得她的微店从此断货了，意识到这个事实之后的拥趸们，一夜之间全都涌到了戚蕊的店里。数字屡刷屡新，订单纷至沓来，戚蕊满心欢喜，立马实施了新一次的“自杀”。

不过她并没有对自己的生命太过苛刻，也没有往深处走更远，戚蕊很安全轻松地收集到了许多面膜泥。捧在手里的这些黑油，在戚蕊眼里看来，全是金灿灿的黄金。她先把自己的衣兜都装满了，然后又抓起一把准备往自己的嘴里塞。一次能多带点出去，即便回到现世的时候连续呕吐几小时也不怕。

这样想着，她又往深里挖了一把。这时候，一双脚忽然站定在她眼前。

这是女人的脚，纤细，雪白，只是全身的血管包括毛细血管都是凸起来的，呈现一种黯淡病态的粉红色。粗看下来，眼前的女人仿佛裸着身子穿了一件紧身而华丽的由毒血织就的蕾丝。

在满脸的粉色蕾丝下，戚蕊认出她是安琳，是安琳被囚困在地狱的鬼魂。

“我一直在这里等着你。”安琳张嘴说话。连她的整个口腔和舌头都是粉色的，喉咙口的小舌头像融化震颤的粉色油漆一样。

戚蕊惊得后退几步，转身就想往自己的洞口跑。然而，身后一个未成形的婴儿挡住了她的去路。

“跟我儿子打个招呼吧！”

那婴儿血糊糊的如一团未嚼烂的牛筋。

戚蕊结结巴巴地问：“谁？你儿子？”

“你杀我的时候，不知道我已经怀孕了吗？如果你能费心多看几眼我的肚子，就会发现的。”安琳哀怨地瞪了戚蕊一眼，哼了一声，“或许，即使你发现了，也下得去手，忌妒蒙蔽你了双眼。”

戚蕊张了张嘴，不知道该说什么。

安琳又看了看自己枉死的小儿，露出悲戚之色：“你忌妒我每次在地狱待的时间比你长，可你根本不知道为此我要经历多么可怕的折磨。之前我没有告诉你，要进出地狱，不一定非要通过自己的洞口的，血脉至亲之间相互通融。我带着肚子里的宝宝一起自杀，毒药先是使我自己窒息，打开了我的黑洞，我在地狱待到洞口关闭也没有关系，因为等毒药通过我的血管侵蚀到我肚子里时，我宝宝的洞口才将将打开，这样，我就可以从他的洞口出来。明白了吗？我借用了我宝宝的生命来接续我‘代购’的时间。就这，还引起你的报复……也算是我的报应吧。”

说了这么多，安琳以为戚蕊会为自己的行为表示懊悔，可看她，却是一副知晓了秘籍之后，醍醐灌顶的样子。

“很开心是吗？准备等下就试试这个方法？”安琳一步一步朝戚蕊逼近，“你觉得，今天你还回得去吗？”

说着，安琳就尖叫一声朝戚蕊扑过来，戚蕊仓皇转身，脚下一软滑倒在地，倒让她躲过了安琳这一扑。没等她喘过气来，那小婴儿却爬上了她的背，拿嘴噬咬着她的肩膀。戚蕊痛叫几声，连忙在泥地里打了个滚，咬着牙把那婴儿蹬掉。

大风又开始往不远处的洞口灌，戚蕊挣扎起来朝那里跑去，却像一口破口袋扑倒在地。她的脚被安琳拖住了，在地上扭打纠缠半天，怎么也摆脱不了。

洞口越来越小，安琳笑起来的嘴咧得越来越大。

还有几秒钟，生路就要闭合。戚蕊感觉全地狱的黑暗朝自己压过来，安琳就像是地狱伸出来的一条舌头，紧紧地将她缠住。戚蕊绝望地闭上了眼睛，忽然，她感受到了从天降下来一股拉扯的力量，一下子将她从安琳的缠绕中夺出来，甯向已经变成一条细缝的洞口。

“你哪天进来，我哪天在这个洞口等着你！”

耳朵里还萦绕着安琳气急败坏的尖笑，戚蕊艰难地睁开了双眼。

她发现自己已经倒在了冰柜外，旁边的小太阳开足了热力，戚蓉张开自己的上半身，拿一条厚毛毯，紧紧地包裹住她。

“我把你救回来了？！”戚蓉欣喜万分，把姐姐抱得更紧了。

戚蕊全身乏力，戚蓉赐予她的温度像是一张刚刚从热水里拧出来的毛巾，蒸腾着她全部的恐惧和疲惫，她从来没有感受过妹妹的拥抱。

这就是所谓的血脉至亲才能带来的体会吧，她想。

## 7

买家催单的提示音不断从手机里跳出来。

戚蕊躺在床上辗转反侧，原本以为杀掉安琳之后可以从此畅行无阻，却没想到反而把自己的出路堵死了。这下才真正是从天堂掉入地狱了。

看着微店里买家们已经付款的巨额数字，如今没办法发货的话，她就不得不把已经揣入口袋的钱，甚至是已经规划好怎么花的钱掏出来还给人家，这样的痛苦，实在比在地狱受折磨还令人难熬。

这几年来，戚蓉的两条病腿越来越扭曲变形了，睡觉的时候，被子都捋不平，硬生生地撑起，看着有些无奈和可怜。她不出门，没有男朋友，无法生育，最惨的是，长得居然还挺不错，如果没有残疾的话，会是很多人追求的对象。

那她对现在的生活满意吗？戚蕊走到戚蓉的卧室门口，看着床上蜷曲消瘦的身影，细细地想，她内心深处始终是怀有自杀辞世的念头的吧？何况，并不是让她真的死去。

想到这里，戚蕊把妹妹推醒了。

跟戚蓉把事情的来龙去脉讲清楚了之后，戚蕊发现她果真没有表现出太多抗拒。

“把订单完成就收手，你从小就有经验的嘛，不是吗？”特别是提议两人一起自杀，说到这一句的时候，戚蓉只是癔怔了一下，昂起头看了戚蕊一眼，也没有提出其他异议。

“到头来，还得麻烦你协助我了。”戚蓉的语气绝望而冷淡。

戚蕊呵呵一笑。

事情谈妥了，戚蕊把戚蓉抱进了冰柜。大概半个小时之后，她看见戚蓉的睫毛上结了冰霜。问：“你快了吗？”过了几秒钟，戚蓉从喉咙里发出“嗯”的颤音。这时候，戚蕊才爬进冰箱，握紧了妹妹的手。

对于通过别人的洞口进入地狱这件事，戚蕊也是摸着石头过河。她尝试着闭上眼睛，慢慢走向混沌。又过了十几分钟，她意识到自己不受控制地抖了一下，眼皮下黑暗光景一换，进入了一片白的世界。

戚蓉就在她身边，而眼前，就是戚蓉的洞口。

“进去吧。”戚蓉冷淡地说完，率先爬了进去。

这时候戚蕊才发现，在这个世界里，戚蓉站起来了，行动敏捷，是个完好无损的正常人。

她无心为妹妹感到高兴，跟在戚蓉身后进了地狱，踏上了一片跟自己的黑洞里面完全不一样的地界。虽然地形依然诡异，仍是黑黝黝一片，但安琳的鬼魂确实没在这里候着自己。

戚蕊往地上剁了一脚，黑色液体油汪汪地如约冒出来。

“赶紧装吧。”她吩咐道。

戚蓉却没有停止往前的脚步，她欣喜于自己突然的行走自如，激动之中，大叫着朝深处跑去，也顾不得无边的黑暗里有些什么。

看见戚蓉越来越小的身影，戚蕊赶紧叫住她。

“不要跑远了，在洞口关闭之前必须离开，要不然你会真的死的！而我……”戚蕊无法想象自己的灵魂囚困在别人的黑洞里，会有什么样的后果。

黑暗中一片沉寂，一阵大风刮过，戚蓉不断远去的影子又飘忽了几分，戚蕊真的焦急起来，以为戚蓉高兴得过了头，再也回不来了。

洞口开始合拢，戚蕊有些绝望地站起身，不忘往口袋里添上最后一把黑油，一边朝戚蓉的方向继续呼喊，一边往洞口的方向退。最后一眼，还没有看到妹妹折返的身影，戚蕊只好返身爬进了洞里……就在她落地的一瞬，身后有人抓住了她的裤脚，她一带，就把戚蓉带了出来。最后关头，这个疯了的残疾人还是找回了理智。不仅如此，她手上还多了一只奇怪的生物。

戚蕊定睛一看，是她杀安琳那天晚上，在安琳卧室看到过的那种蚊子和乌贼的结合体。

在冰箱醒过来，戚蕊的嘴巴里先是吐出大量的黑油，然后喉头一紧，又吐出来戚蓉找到的那只奇怪生物。戚蕊根本不知道这生物有什么用处，现在也不想知道。她只顾着把黑油装袋，赶在最后关头准备发货。

不知道过了多久，客厅里忽然传来戚蓉的惊呼声，忙得焦头烂额的戚蕊才回过神来。

只见那只奇怪的生物正趴在戚蓉的小腿上，针似的嘴插进她的肌肉中，鼓鼓囊囊的囊袋大大小小有节奏地压缩着，往里面注射着什么东西，不一会儿便瘪了。那生物也随之变成皱巴巴一团，死掉了。

戚蓉的腿变得饱满了一些，感觉似乎恢复了一些活力。她尝试着站起来，之前萎缩弯曲的小腿，居然可以承受住一点儿她的体重了。戚蓉为此惊喜万分，她眼睛里闪耀着光芒和泪花，难以置信地看着戚蕊。

戚蕊终于意识到自己应该为妹妹高兴，但她更高兴的是，如今不仅货物搞定了，又发现了这只神奇生物其实有填充肌肉的效果。也就是说，它将会是一款非常畅销的塑肌产品。在某种意义上来说，如果她成功上架这款产品，也算是超过了安琳的成就吧！

所以当戚蓉大叫着“姐，我们再去一趟吧，把我另一条腿也治好！这一次，我们要自杀得更彻底一些”的时候，戚蓉答应得非常痛快。

当天晚上，戚蕊就通过安蓉的通道再次进入地狱，这一次她把冰柜的温度调得更低，让她们俩有时间在地狱里跋涉得更远。戚蓉的情绪前所未有地亢奋，她也说不清楚上一次是在什么地方发现那生物的，只是奔着一个方向不停地往前走，拿眼睛四处搜寻着。

戚蕊也像盲人一般，拿手往四周扒拉着，希望能走运扒拉到那生物的翅膀之类的。然而几分钟过去了，她们一无所获，戚蓉有些跌跌撞撞起来，口中喃喃自语，失望透顶。就在戚蕊意识到她们已经走得太远，觉得是不是该往回走的时候，远处传来了一阵野兽的吼声。

戚蓉拔腿便要往叫声处跑，戚蕊一把拉住她："太远了！没时间了。"

"时间够的，你不是说我自杀经验丰富吗？在冰柜里我可以坚持很久的。"戚蓉的脸上写满了疯狂的神色。

"不行，现在我跟你是拴在一条绳上的蚂蚱，你不能拿我的生命冒险。"戚蕊斩钉截铁地说。

"那你回去好了。"戚蓉甩开戚蕊的手，头也不回地跑向深处……

戚蕊朝戚蓉的背影狠狠骂了一句，实在没法管她了。她踉跄着从泥地里抽出脚，仓皇转身逃命而去。

## 8

医院。

戚蓉全身插满了导管，躺在了加护病房里。

"非常遗憾，因为暴露在低温环境中的时间过长，你妹妹已经进入休克状态，而且，如果没有奇迹的话，她将一直保持这样的状态。"医生说。

"也就是说，一直处于弥留状态，所以她的通道是一直打开的吗？"

"什么？"医生拿笔敲了敲自己的文件，表示不懂。

"没什么。"戚蕊赶紧收下话头，扭过头去。

等医生出了门，戚蕊才重现抬起头来。她原本以为自己会就此失去戚蓉这个带她进入地狱的通道，没想到，事情走向了比她想象中更美好的方向。

如果妹妹的通道一直打开的话，那她戚蕊想什么时候进去就什么时候进去，想待多久就待多久。世界上还有比这更令人激动的事情吗？想到这里，她脸上的笑再也抑制不住了，哈哈几声，肚子都要疼起来。

她笑弯了身，哈哈的尾音忽然有些颤抖，忽然咔咔两声，嘴里咔出来几滴黑油，掉在地板上，就像是堵塞许久的水管要疏通前喷出来的锈水一样。

戚蕊有些惊慌。戚蓉昏迷的这段时间里，她还没有去过地狱呢，怎么就自己冒出黑油来。肚子里又是一阵翻涌，她赶紧捂住嘴，可是黑油还是从她指缝里流了出来，紧接着，一只所谓的塑肌虫飞了出来。

地狱里。已经濒临疯狂的戚蓉已经抓到了许多塑肌虫，她站在自己的洞口，不明白为什么自己回不到肉身上去，便只能这么一趟接着一趟抓虫送虫。

而病房里，戚蕊瞪大了双眼，看着虫子一只接着一只从自己的嘴里爬出来，根本不受控制……

# 特工密令设计师

## 1

每次在电影院看电影，剧情来到特工们接到秘密任务的时候，周围的人都会被编剧设计的聪明接头方式惊到，为之大呼过瘾。而与此同时，我会感到与有荣焉，生出满满的成就感。

关于我的工作，我不能告诉你们太多，唯一可以透露的，我是一个特工秘信通知设计师。

事实上，因为特工们工作流程的烦琐和细致，每个国家的特工服务组织的架构都很复杂，不但分工庞大，而且事无巨细。比如我的这个职位，就要求我将工作重点全部落在如何用隐秘的方式将组织下达的任务通知给特工这一环。

像是《碟中谍》里的阿汤哥，他是通过阅后即焚的黑色墨镜得到任务，而《007》里的邦德，则是在博物馆长椅上获得密令。我必须为自己所服务的特工设计安全、隐秘，最重要的是符合每个特工个性的通知方式。

听起来很酷炫吧？但说白了，我不过就是一个卖创意的。

作为一个脑力劳动者，我在创意方面所遭受到的“强奸”一点儿不比广告公司的设计师以及公关公司的策划少。他们有傻逼甲方，我也有。

最近，我就遇到一个代号“金枪鱼”的奇葩特工——这就是我为什么会来到电影院观摩特工电影寻找灵感的原因。

当初刚拿到他的资料，我就知道这个人不好对付。不仅有洁癖，而且精神衰弱，更是个不折不扣的处于中年危机的处女座。所以，我很自觉地做好了屡屡被毙稿的准备。

被毙的第一个方案，我是针对他的特殊身份来设计的。

为了掩人耳目，“金枪鱼”对外公开的身份是一家金融公司的财务经理，工作狂类型，与同事关系不咸不淡，经常加班，他独处的时间往往是在工作日的晚间，或许是久坐的关系，患有轻度尿频。因此，当他一个人在公司男厕待上一段超过正常男性所需要的如厕时间，依据他的背景，是不足以引起敌人怀疑的。

在我的方案中，我会把语音接收以及播放装置放在他公司男厕左手第二个尿兜里，其附带的生物分析部件会主动分析当前正在使用尿兜的人的尿液，只有当尿液数据与“金枪鱼”预存的参数匹配时，语音通知才会启动。

一般来说，很少有通知设计师会把特工密令通知装置设计在公共空间，因为这非常容易暴露，但从另外一个角度来说，公共空间正是敌人在反侦查过程中最容易忽视的地方，而我又用尿液分析解决了匹配的问题。所以，这个能让侦查手段丰富的敌人也始料不及的方案，不仅安全、隐秘、个性，还新颖。可以说，我的设计师生涯的又一个神来之笔，说不定还能为我在特工尾涯赢来一份年终奖。

可当我拿着这个方案汇报给“金枪鱼”的时候，这老小子草草一句话就浇灭了我的热情。

他说他有洁癖，鼻黏膜脆弱，闻不得尿兜的臊味。

“最关键是，不大气。”

我当即傻眼。

被甲方批评不大气，是无论身处哪个行业的设计师身上都有的死穴。而作为一个普通的设计师，我又一直被这个职业的通病困扰着——脑子灵活嘴皮子却不灵光——我的表达能力跟作为特工、以social为本能的“金枪鱼”相比根本不是一个量级的。

听到他的反馈，我无从反驳，唯有盯着计算机屏幕说：“那行，我再想想。”

去他妈的，他整天端枪耍酷，哪里知道特工这一门古老的行业到如今已经有一百多年的历史了，各个时期的通知设计师前辈使用过的创意成百上千，包罗方方面面。都说前人栽树后人乘凉，这句谚语在别的行业或许成立，但在创意行业，前人的成果对于后人都是门槛。

前人抢先用掉了那么多创意，留给我这个新人发挥新创意的空间就非常小。只是憋出那个尿兜，我就已经绞尽脑汁了。

## 2

第二个创意想出来的时候，我头发掉了快一半，每天吃葡萄籽补充营养。

这个创意我是从他的人生前史入手的。资料里说，“金枪鱼”在做无聊的财务经理之前，在他的青年时代有过另一个身份，居然是个缉毒警察。

那时候的他每天都大方地露出一口大白牙，一点儿不像现在这么阴郁，所以，居然还有一个漂亮的做老师的初恋女友。关键是，初恋女友居然善良大方，常常去警队探望，跟他那帮兄弟也打成一片，“金枪鱼”觉得女友是全天下最特别的一个女人。

他那会儿但凡有使不完的精力，掰成两半，一半放在跟女友腻歪上，另一半就都放在了大大小小的案子上。

一个警察如果对案子过度热情，往往会给自己以及身边人带来不少危险。这一点他自己也清楚，所以跟初恋女友约好了，通讯录里不存她的名字，他会直接把她的号码记在脑袋里。她打来电话，只有听到他开口了，她才能开口。

从某种意义上来说，这是他为自己和女友设计的一种密令通知方式。

事实证明，但凡你想起为一件事未雨绸缪，这件事就必定会发生。在一个很平常的傍晚，他下班到家，刚拧开门，就被一帮蒙面人掐住了。

蒙面人把他带进厕所，把他的脑袋塞进臊气冲天的马桶，还上了一个人死死踩住，可马桶冲了十几次水也没把他淹到求饶。蒙面人没得到报复的乐趣，就踹他下体，叫他交出初恋女友的住处，一直到踹出血来，他也没有吐出半个字。电话里跟初恋有关的记录之前也都清理过，短信聊过就删，根本没留下任何线索。蒙面人无奈，一个个都在那气喘吁吁地抹汗，似乎有要走的意思，“金枪鱼”心想终于熬过去了，却没想到电话在这时候响了起来。

就是他记得非常清楚的那个陌生号码。

蒙面人窃喜，也跟着看了一眼，只看到一个陌生号码，骂了几句，倒也没上心。“金枪鱼”心下不免为自己之前未雨绸缪过而感到庆幸。“等一下！”没等“金枪鱼”的心完全落下地，蒙面人忽然把电话抢了过去。

来电屏幕上陌生号码来电标记功能显示：有十二个人标记为嫂子。

原来，“金枪鱼”自己能够记住初恋的电话号码不假，但那些警队的兄弟，却得靠标记，才能不把初恋女友当成陌生人。

这就是密令通知设计里最致命的失误——漏洞。

这个漏洞，导致初恋女友被杀。自此之后，“金枪鱼”就再也没有谈过女朋友，当天落下的那个隐晦的病根，也一直跟着他。直到现在，一有时间他就会往墓园跑。

看到这里，我算是明白了，他之所以对我的第一个尿兜方案无感，恐怕不是因为什么鼻黏膜脆弱，而是因为当年被踩在马桶里给他留下了阴影吧！

第二个方案试运行的时候，我带着“金枪鱼”到了墓园，嘱咐他买十七枝深黄色菊花以及一枝白色菊花包起来。

他有些困惑，我只是冲他眨眨眼，意思是，你就等着看吧。

来到初恋女友的墓碑前，他把这十八枝经过特意组合的花束往花插了一放，墓碑上，他初恋女友的照片就哗啦一闪，变成了一块液晶显示屏。

“最新的命令就通过这张屏来传达。十七枝黄一枝白是唯一的匹配密码。”我笑嘻嘻地解释。对于能够创意出如此精妙的设计，我有些得意扬扬，这回，他应该挑不出什么毛病了吧。

“金枪鱼”在被我改造过的初恋女友的墓碑前蹲了良久，半天没有反应。等我伸手去推他的时候，他突然抓住我手腕，一眨眼，就把我甩过头顶，重重地摔在地上。

他用青筋直冒的手抵住我脖子，腮帮子因为过度愤怒而有些变形：“我 × 你大爷。”

“我 × 你大爷。”我被他掐得快出不了气，也骂。这么多天的通宵加班，让我也挣扎在失控的边缘。

我们在陵园大打出手，这一天之后，我们再也没有联系过。

我发誓再也不为这样的人服务。

但是你知道，做创意工作的，哪有你想象中过得那么自由和不羁。不久之后，“金枪鱼”就要进行一个 G11 级的大任务，上头发下话来，无论如何都要尽快为他设计好密令通知方案。

我想消极怠工来着，实际上也是因为没灵感，所以能拖就拖。但 G11 级的任务，哪能容得我耍性子。马上，上头就派了监督部门的人过来请我“喝茶”。

他们把我礼貌地囚禁在咖啡馆里，塞给我一个本子一支笔，每过半个小时就问一句，来灵感了没有？我几乎崩溃，简直想掀桌子。

我曾经想借口去上厕所趁机溜掉，没想到，那几个人在我掏家伙的时候都要盯着，简直变态，完完全全的体制霸凌！

没有办法，我只能把心思全部放在这次创意上。

前史坎坷的“金枪鱼”像个敏感的婊子，这也戳不得，那也碰不得，那我就必须从人类学、社会学这种无关痛痒的统计数据着手。

他这人离群索居多年，这样的人做些什么，才算是跟上大众潮流，而不显得突兀呢？我咬着笔杆思索到后半夜，对面的监督都换了三茬，还是一团乱麻。

我口干舌燥，悻悻地叫来服务员。

一杯刚刚碾磨好的手作咖啡放在我面前，烟气缭绕下，浅色的泡沫在深色的咖啡上旋转变幻。也许是提神的咖啡因子随烟入脑，我忽然感觉自己的心脏像萝卜一样被人从泥地里拎了起来，一个灵感从天而降。

从人类学和社会学来说，装逼是近几年愈演愈烈的大势。

大街上，无论哪个阶层的人，都能找到让自己装起来的途径，尤其是在中国，你可以看到，连建筑工人也会在工友面前放一首汪峰来彰显自己的特别，究其根理，大概是因为中华大地向来的面子文化吧！

好歹是一个白领，“金枪鱼”怎么可能免俗？他不装，倒显得装逼，不然星巴克为谁而开？

## *3*

第三个方案是这样的：信息传递媒介是一杯拉花卡布奇诺；设计在咖啡杯边缘内侧的唇纹可以帮助身份匹配；磁场控制由

新型材料制作而成的咖啡浮沫，变幻出形状，组成图片、文字，用来传达密令内容。

或许这个方案不是非常严谨，可能有bug，还有很多细枝末节需要探讨，但也只能这样了，我已经尽了全力。况且，“金枪鱼”不是大神一个吗？我管他去死。

“金枪鱼”出山的那一天，是一个小雨淅沥的下午，最适合去咖啡馆来一杯的天气。

我先于他半月来到了敌占区，应聘上了一家咖啡馆的应侍生，他则是以出差的名义出现在这座危险的城市。

咖啡馆位于敌区政府办公区的中心地带，时常有敌方高管出没，还可能捡到国防大臣这样的大漏。“金枪鱼”的任务是等待国防大臣的出现，想办法跟他套近乎，为往后的深入拉开一道口子。我则通过拉花卡布奇诺，随时向他传递有助于他跟国防大臣的交流的信息。

傍晚六点，“金枪鱼”准时走进咖啡馆，我像一个服务生一样向他鞠躬，这人还生着气呢，看都没看我一眼，扭头就坐到了窗边，翘起了脚。

没关系，我能忍。

等到六点半，一个穿着Polo衫的老头突然推开了大门，坐在了“金枪鱼”不远处。随行几个黑西装观察了一阵，四散开来，陪坐在咖啡馆的多个方位。

按照惯例，他们各自取出机器放在桌面上，伪装成手机的样子，实际上那些都是屏蔽设备，在老头周围形成一个电磁波、声波的真空。我取出自己的咖啡杯，sorry，它恰恰是通过光传导来递送数据的。

那老头随手从口袋里掏出一本名叫《克里斯托弗》的牛皮纸小说，就着咖啡看起来。到了我不得不上场的时候，“金枪鱼”才扭身拿眼神朝我示意了一下。

我已经调好了卡布奇诺，就在他看过来的时候，我大方地往咖啡杯里吐了一口痰。他看到我的作为，眼睛瞪得老大。

他的表情尺度只差一点儿就会违反特工手册中“情绪管理条款”的规定。

瞪什么瞪，有本事来削老子啊！我心里乐开了花，踩着标准的服务步把那杯特别的咖啡端到他跟前，毕恭毕敬地说：“先生，您的卡布奇诺。”

“金枪鱼”接过杯子的手有些颤抖，但还是咬牙切齿地跟我说了声“谢谢”。

我说不客气。

报复归报复，任务还是要完成的。回到柜台，我立马在设备上查询到了《克里斯托弗》这本小说的概要，把它传向咖啡杯。

“金枪鱼”知道会有信息过来，他需要抿一口咖啡来匹配才能接到。我憋着笑，看着他对着杯沿犹豫了许久，最后终于带着厌恶伸嘴啜了一口。

我特别想跑过去问他一句“好不好喝”。

咖啡杯里的黑色浮沫有规律地变幻起来，几秒钟内便变成了文字的编队。“金枪鱼”朝杯里看了一眼，然后对着不远处的老头用不大不小的声音装起逼来：“罗菲的克里斯托弗，这年头，懂得欣赏它的人，像先生这样的，不多了。”

那老头听了，果然抬起头来，饶有兴趣地盯着“金枪鱼”。

第一步迈过去了。

进展不错，隔桌聊了十多分钟之后，老头便招呼“金枪鱼”坐到自己身边来。“金枪鱼”端着咖啡杯攻上二垒。

不出意外的话，在我随时传递的信息的帮助下，只要“金枪鱼”继续施展他专业的特工才能，今天的任务就可以很快完成。

“啊嚏。”

“金枪鱼”刚把自己的杯子放在老头的桌上，老头便打了一个大大的喷嚏，这个喷嚏大到引起了那帮西装保镖的注意，引得他们紧张兮兮地冲过来。“金枪鱼”还在那里哂笑着说没事没事。再看那老头，他的两只眼角变得通红，好像感染了一般。

“是诺菲基成分过敏。”一个西装保镖大叫，“咖啡馆里哪来的诺菲基？！”

听到这里，我呆住了。诺菲基是一种新型纳米机器人，属于当今世界的前沿科技，一般只能在国家级物理实验室才能找到它的踪迹。关于诺菲基的致敏性，之前倒是听说对某些人群有作用，没想到今天撞在枪口上了。

卡布奇诺拉花的浮沫就是用诺菲基做的。

保镖们警戒起来，在老头周围巡视着，想找到致敏源。“金枪鱼”作为首要嫌疑人，被他们控制在位置上。

这个时候，我才慌张起来。

如果咖啡杯的秘密被发现，“金枪鱼”首当其冲被抓不说，我这个上线也得受连累。间谍罪不是儿戏，我不知道还能不能保留全尸回去。天啦，我为什么要遭受这一切，我只是个做创意的。

我紧张兮兮地向“金枪鱼”抛去一个求助的目光，虽然说他是我的仇人，如果他能把这事挺过去，我愿意认怂。关键是，我不知道他会不会在这时候报我那一口唾沫的仇。

一个保镖戴上手套，眼睛几乎抵着桌腿，从下往上检查到桌面，然后又顺着桌面，慢慢往咖啡杯去，“金枪鱼”拿眼神回答我的也一副过江泥菩萨的死表情。

我想他的意思应该是，我可保不了你，咱们跟你这杯带着唾沫的咖啡同归于尽算了。

保镖看了看咖啡杯，又看看了“金枪鱼”，似乎发现到了什么，他的手指慢慢伸向咖啡浮泡沫，我则慢慢闭上自己的眼睛。

“你干吗？！”

保镖忽然惊呼。

我睁眼一看，“金枪鱼”把那杯子抢到了自己手里，正拼命往嘴里灌咖啡。他在毁灭证据。确切地说，作为一个不仅有洁癖，还精神衰弱，更是个不折不扣的处于中年危机的处女座，“金枪鱼”正在喝下我这个仇人的口水，来保全我。

更何况，他这样做，等于是完全放弃隐藏自己。

无论保镖怎样拉扯，甚至是照准他的腮帮子打了一下又一下，“金枪鱼”死活不松口。他的嘴唇撕裂了不说，牙齿都崩掉了好几颗。

他在用生命弥补这个密令通知方案中的bug。

我没能做什么，只是呆呆地看着眼前的一切发生。旁边一个侍应生难掩激动之情对我说：看到了没！那人就是奸细，这下活不了了，也是活该。

此时此刻，我作为一个假冒的侍应生以及一个货真价实的懦夫，也附和着他点了点头。

不知道为什么，我脑海里满是“金枪鱼”当年被歹人逼迫说出女友信息时被殴打得不成人样，被踩在马桶里还嘴硬的样子。

咔嚓一声，“金枪鱼”嘴里的杯子被保镖一拳击碎了。

鲜血伴随着皮肉的残渣四溅，“金枪鱼”脸上的表情却安然了，在被摁到地上之前，他给了我最后一个眼神。

事情结束之后，我想去墓园，把这个眼神传达给他的初恋女友。

# 大数据女

## 1

9%，是小麦统计出来的她迄今为止的人生中，获得别人认可的概率。数据非常小，是因为她身上天生带有一种令自己非常痛苦的特质——总摸不准别人的喜好，搞不清许多世俗交往的规则。“浑不吝”“没有眼力劲”“还小，不懂事”……是她经常能够获得的评语。而这些评语，对于小麦这种刚刚混迹影视圈的小演员来说，几乎是致命的。

小麦总会在探班请客的时候，在超市成千上万的食品里一眼相中大概 91% 的剧组成员都不会喜欢吃的东西，引来大家一阵“麦小姐请宵夜”的热情欢呼之后长时间的沉默。甚至曾经，她信心满满地选择了几乎没有人会拒绝的百搭美食——牛肉干，却惊讶地发现，那个来自西北的剧组，居然都是素食主义者。

这样的情况多了，大家对小麦都客气起来，这种客气，是与一个人划清界限的一种显得稍微礼貌点与安全点的方式。

而在生活中，关于小麦情商低下的佐证比比皆是——她在朋友圈里发的自认为非常值得点赞的发现，每每只能获得一两个友情的、施舍的赞。而与她同期出来的另一个女演员妙丽即使发一张安全落地的自拍照，都能赚来需要下拉加载好几次才能看完的大量评论，而当小麦效仿时，又是零回复。可能是因为刚刚发生了台湾客机坠毁，而自己笑得太灿烂的缘故？总之，小麦不知道大家都是怎么了。

几年时间里，小麦微博粉丝也停留在买来的十万多个，妙丽则频频登陆百度热搜榜，身价跟摊大饼似的翻番往上涨。经历了被经纪公司雪藏，经历了成功说服自己再无翻红的可能，最后击溃小麦的，是男朋友李大友的离开。

小麦躺在空荡荡的地下室里双人床的右半边翻看着微博，她在努力思索自己留给这个世界的最后一句话，应该怎么说，才能多少获得一些转发。她在床边准备了许多只要用量够多，就能够治愈一切的东西——安眠药。

“叮咚”，就在小麦抓起一把药塞进嘴里的时候，居然有人私信了她。

小麦本来以为还是微博秘书发来的广告，但预览里是这么一句话：“恭喜您获得麦田大数据公司首款民用大数据产品的试用资格。我们真诚承诺，使用本产品，将保证您在 35.7 天之内至少得到探班时大受欢迎、百度热搜超越妙丽以及赢回李大友先生的爱情等三项体验，当然，总的来说，使用本产品的效果是：让您更受欢迎。”小麦连忙把一嘴的药片呸掉。

从表面看来，小麦决定接受这个产品，表明她希望重获欢迎、赢得爱情，她是有超脱的追求的。事实上，她知道，在内心模拟过一遍自杀的人，唯一在乎的，是超过妙丽这回事。

开机教程 Step1：请进入一个社交环境，可以是任何你之前没有受到过欢迎的场合。

正好，妙丽的新电影票房过亿，她在微信同学群里邀大家去糖果唱 K。小麦跟妙丽从学生时代就是死对头，以前这种活动，两人是王不见王，但现在，小麦知道自己已经不在妙丽眼里，所以可以不去，当然也可以去。

Step2：在您无法确定自己的下一步行动是否顺应其他人的内心的时候，我将为您提供大数据支持。

小麦在选歌器面前假模假式地唱了很久，她根本不知道该唱什么歌，以前她都选朴树，一开口，大家都开始丢筛子喝酒刷朋友圈。幸亏听到 step2，她扭头看了大家一眼，便听到那设备沉默一阵，然后传来语音播报：在场十九人，女性十七人，其中八人近期在各个社交平台分享过李荣浩的《模特》，中间九人点过赞，另两名男性在另一所 KTV 点过《模特》，但不是真心喜欢，有妙丽在场，倒也不会不捧场。综合以上大数据分析，选择李荣浩的《模特》，你将会得到 90% 的关注。

小麦唱的《模特》引发了全场的大合唱，妙丽甚至在醉酒之后抱着小麦痛哭，痛说自己当年当嫩模时候的腌臜事儿。临近尾声，小麦自觉这次的社交活动成效卓著，大可鸣鼓收兵，耳环里忽然传出来急促的声音：强烈建议您在临走前唱一首《我的好兄弟》！小麦莫名其妙，这种东北大调哥们义气的歌，妙丽怎么可能听得下去？但鉴于耳环斩钉截铁的语气，小麦半信半疑地照做了。这一唱，把现场一个刚准备披衣服走人的男人唱出豪情了，他抢过另一只麦，跟搂小弟似的一把搂住小麦的肩膀，两个人在众人的瞩目下一边喝啤酒一边摇晃着唱完了整首歌曲。

耳环背后的大数据分析得没错，此男在半个月后成为一部大戏的演员副导，他推荐小麦做了女二。

小麦演的是撕×双雌里最开始一边撕别人一边狂笑，最后被撕得顿悟成为好人的那种奸角。耳环锁定了小麦提供的该剧策划报告里定位的观众群，分析了他们的观剧习惯、婚姻状况、感情观以及美学质素等，以便在小麦作为反派的每一场表演中建议她做出最令这帮人喜爱的表情与动作。一般来说，一个反派要想闪闪惹人爱，那就要坏得恰如其分，刚好喂饱大多数人心中那个黑暗的小恶魔，少一点儿不过瘾，多一点儿又恶心。比如小三赏原配耳光，不要多于三下，少妇看着闹心，赏情夫耳光，就可以多几下，少妇看着解气。不过，耳环统计了最新的收视数据，表明现在的观众已经开始喜欢率真纯粹的小三了，像绿茶婊就不吃香，反而是坏到骨子里，坏得天经地义的纯婊更能博得广大正宫大老婆的尊重。

这部大戏上映之后，小麦的反派深入人心，摘得了当年的池鹭电视艺术节的最佳新人奖。不过，这一届池鹭节，由威亚拉上半空，天女散花似的全身段曝光的池鹭女神，仍然是妙丽。

上场领奖前，小麦在后台听到全场哗然，她恨恨地想，肯定是妙丽又犯了什么争名夺利的病，装了个什么哗众取宠的逼。她偷偷掀开帘幕看了一眼，见到妙丽挂在威亚上，表演服的胸口恰到好处地崩开了，像一个包装破溃流沙包，热气腾腾地在会场近前名嘉宾的头上晃荡。

妙丽“专业”地硬撑着完成了全部表演，带着一副梨花带雨的娇羞表情告别了观众钻入后台。小麦眼见她刚踏入后台又转过身去偷瞄场上被自己掌控的形势。眼见着她的脸从惊恐万状转为冷漠，然后是窃喜，继而踩着稳稳的高跟鞋昂头经过小麦身边。

妙丽向小麦比了个中指，那根中指的每一个细节小麦都记得清清楚楚：常年由乳液浸泡而成的白皮，纹路不太清晰的指关节，指甲油浓厚的指甲壳。样样令小麦动情地说：你知道的，如今我不一定非要再认你做男朋友，不过你想回来，我想我们还可以继续走下去。我们之前最大的问题，我自己解决了，你看看我现在。

李大友依旧卖力地举着灯：我们之间最大的问题不在你而在我，对不起小麦，我是真的对你没有感觉了。

听到李大友的话，小麦满脸的妆容和全身的珠宝都黯淡下来。老板在一旁向李大友使脸色，用眼神和叹气声嗔怪他不识抬举。李大友自认为他的回答合理又自然，已经着手准备把自己的注意力放到举着的灯上来。小麦提了口气，非常轻声地说：给我点面子，最后亲我一下，我就走。

李大友二话没说亲了小麦一下。

小麦二话没说，转身走出了婚纱影楼，她眼睛里饱含热泪。就在她一颠一颠地走过马路，眼泪就要掉下来的时候，一个举着大炮似的相机的人挡住了她。

拍到了。那个人说。

## 2

无论李大友愿不愿意，在娱乐至上的虚拟的八卦世界里，他是小麦男朋友的事实已经无可辩驳。而在线下的真实世界里，他又渺小到根本找不到反驳的机会。实际上，大家或许知道事实真相，但还是更愿意相信这个更具娱乐效果的假消息。

然而，果不其然，就在小麦与李大友亲嘴的照片在网上传得风生水起之时，很快，又被妙丽跟一个刚出道的小鲜肉姐弟恋的消息压下去了。

就这样吗？你不会真的认为一个绯闻能让自己长大吧？小麦问耳环。

耳环：当然不是，鉴于接下来要做的事情过于重大，我觉得有必要向你解释一下，必要的话，我也会搬出数据来佐证。我说的会让自己长大的石头，意思是，我们要做一件粉丝们会自主参与、持续关注的事情，根本不需要我们的爆料，自然会有人往里面加料。粉丝们通过这件事，会与你一同成长，一同经历，他们感觉自己与你融为一体，感觉到自己与你的生活息息相关，继而感觉到自己的价值。之前，我叫你找个男朋友，是因为，你的生活缺少问题，缺少一个需要粉丝们想要倾尽全力去帮你解决的大问题。

告诉我，是什么？小麦一脸茫然。

耳环：对于一个刚刚获得爱情的女明星来说，难道还有比男朋友的惨死而凶手不明这个问题更大的吗？

小麦沉默无语。

况且，与诡异的悬案相关的人也总能名垂千古哦，耳环说。

小麦半天没有缓过劲儿来。

耳环：你下不去手吗？

小麦：我在想什么样的惨死才叫惨死。

漫长的一夜终于过去了。第二天一早，一个去公园晨跑的白领在半路上发现了李大友的尸体。他的尸体分成了 27 个部分，停放在 27 块相邻的地砖上，码放得非常整齐，似乎带有某种规律，实际上，这是昨晚小麦临时起意，大概按照尸块原本的功能排了个序，她觉得或许由此可以给到粉丝们某种解谜的快感。总的来说，李大友死得惨而有序。

很快，小麦的微博粉丝暴增，大致分为了四个群体，一个是安慰团，一个是破案团，一个是观光团，还有一个是李大友的粉丝团。对的，他作为一个死得诡异的帅哥，在死后也是有可能成为明星的。

安慰团自然每日关注小麦发出来的每一个句子，从中搜刮出负能量，然后如获至宝般为她贴上心灵鸡汤贴，最后以抱一抱表情结束。

破案团里不少爱·伦坡、福尔摩斯、霍桑、铃木芳子、阿加莎·克里斯蒂甚至还有柯南的粉丝，他们自发成立了小麦与李大友案网络专案组，从理论上和字面上把案情分析得非常透彻，最终抽丝剥茧出来大概 13 个可能的结论。

其他两团按下不表。

小麦的经济公司在警局门口为她开了发布会，按照耳环的大数据建议，小麦穿了黑色带深红暗花裙，哭声调整为 65 分贝，三大声一小声，发言中充分肯定了网友自发的破案力量，也表达了对国家公安机关的充分信任……所以小麦的版面几乎登上了包括法制类、时尚类甚至各种日报的媒体。

妙丽紧接着纵火把自己住的别墅烧掉了，也只是博得了几个豆腐块的版面。

小麦感觉这次自己是真的火了。她几乎每隔一分钟就会刷一次明星榜，眼睁睁看着自己的头像先是极速跃升到妙丽头像下方，然后过了大概十七分钟，在一个无法预料却无限趋近于已知的时刻，小麦的头像到了第一名的位置。小麦好想把自己抛向天空，拥抱着璀璨的、长着自己脸的正在狂笑的太阳，久久不落地。

唯一令小麦不满意的是，妙丽居然没有自杀，而是找了家私家侦探，对媒体说自己作为小麦的密友，想要帮助小麦尽快找到凶手，以慰藉小麦受伤的心。小麦知道她这样做的目的是想要早早让这件事有定论，早早结束这件事对她的影响，早早摁下这颗越长越大的石头。

她不会查到我身上吧？小麦问耳环。

耳环说，放心，你杀人的时间和地点都是我分析过庞大的城市交通、监控、安全数据库之后得出的结论，另外，在你杀他的同时，我也在帮你实时监控全城二百七十八万人的动态，没有任何人看得到你举起刀子的样子。

耳环说的没错，他的大数据帮助小麦在整个城市警惕性最低的时刻犯下杀人案，他的基础数据来源于电脑、监视器、手机、ATM 机等每一个终端。

然而，令耳环没想到的是，就在他叫小麦放心的第二天，妙丽向媒体宣布她找到了凶手，凶手已经认罪。耳环看了下照片，那是一个已经流浪了五年零三个月的流浪汉，终年生活在光明桥桥洞，平均每天收获易拉罐五个，小麦杀人的那个时间段，他在东城一带晃悠。

凶手根本就不是他，妙丽结案心切，随便找了个替死鬼。小麦朝天翻了个大白眼，又去搜关于自己的新闻去了。

然而警察不得不认真对待妙丽带来自首的凶手，他们连番盘问，百般对照，终究确认这个“热忱”的流浪汉是真凶。

小麦看到这个结果，大惊失色，马上，她便看到自己微博的转帖数环比下降了一个0.001个刻度。虽然这个下降微小到忽略不计，但小麦如临大敌，为之癫狂。

妙丽这个贱人！耳环！小麦尖叫，你不是说石头会越长越大吗？怎么变成这样？我不能让事情就这么结束！

当晚，小麦随机挑了一个路人，按照杀李大友的方式将他肢解在地砖上。她急切到没有等待耳环分析完数据。

你们看，真正的凶手再次犯案，事情远比你们现在了解的复杂，还有很多水面下的东西值得追查下去，不要停止努力啊！小麦在社交网站上疯狂留言，呼吁，怂恿。本来已经放下鼠标的网友应声而动。数据在慢慢回暖，小麦一夜未睡，直等到0.001恢复原样才合眼。

小麦再次醒过来的时候，发现自己在警车里。

因为没有等耳环的数据支持，小麦的所作所为很容易便暴露了出来，事实上也不是警方发现的，而是小麦的那些整日追踪她行踪的疯狂粉丝。粉丝当晚决定直接删掉他们拍下的证据保偶像星途坦荡，保小麦一马平川。只有一个铁粉想得长远，他好像是某个营销策划公司的还是哪的，说，你们知道真正成为能够百年不朽的巨星都是哪些人么，电锯杀人狂爱德华·凯恩、罗斯托屠夫安德鲁·契卡托以及绿河杀手里韦奇……难道，你们不想让亲爱的小麦成为经典吗？你们听，地砖艺术杀人狂小麦，多好！

就这样，小麦被粉丝们抖了出来。

在进牢房摘下耳环的最后一刻，小麦最后问了一句：根据你的大数据，接下来，大家最希望我做的是什么？

耳环说：是笑，亲爱的，是笑，他们希望你无论出庭还是受刑，都要保持恰当的上相的笑，这样，留在卷宗里的你，才美哦。

看着小麦被锁紧大牢，耳环立马将这段时间里在小麦身上收集到的数据资料上传到了云端。

文件名叫：耳环使用者基础数据收集行动，第000000000001号档案。

# 200 楼

## *1*

儿子还小的时候，我家里的电脑不干别的，专门用来码字。等儿子长大后，终于知道网络不是个吃的东西，便把电脑夺过去，一有空便躲在房间泡论坛。儿子今年小学四年级，他不喜欢玩网络游戏，也不喜欢看在线漫画，独独喜欢跟着别人在一张张帖子后面留言。

一天吃饭的时间，老婆对我说：“你儿子这次期中考试数学又不及格。”

“什么？”我摔了筷子，把儿子和老婆都吓了一跳。

儿子赶紧在我面前立正站好。我腾地从椅子上站起来，手里抓着一把汤匙：“你说你……你说我怎么说你才好。”我激动不已，不知道该怎么动口，准备动手，汤匙扬在空中，对准了他的脑壳。

“那汤匙烫人！”老婆不放心地说，“儿子，赶紧跟你爸爸认错！”

“爸爸，对不起啦，行啦，Sorry，爸爸……”儿子一边语无伦次地道歉，一边往老婆身后退。老婆帮他求饶：“好了，好了，儿子知错了。”

我正好借着老婆那句话下台，把汤匙一扔，大吼一句：“吃完饭就把电脑搬我书房里去！再敢碰一下，剁了你的手。”在讲这句话的同时，我心里暗爽：哈，终于又把电脑给夺回来了，久违了，我的泡坛生涯。

这天晚上，我泡论坛泡到很晚。儿子那边终于不见动静了，那小子磨了我一下午，求我把电脑留下，甚至最后还落下一句狠话：“你要是把电脑搬走，最好今天晚上抱着睡觉，反正我要把它偷回来。”

抱着就抱着，我还真不睡觉。

现在已经是凌晨三点整，是传说里恶鬼出来寻人的时候。漆黑的卧室里只有放在一角的电脑屏幕泛着青光，微弱的电流像老鼠一样“吱吱”地叫。我等着电脑屏幕上一张普通妇女的图片显现出来，正盯着，忽然看见这图片里隐约有一张惨白而变形的脸在摇动，眼窝里没有眼珠！我大骇，猛地站起来。这时身后响起老婆模糊不清的声音：“要死啊……这么晚了还不睡……”

原来老婆站在身后，那脸上还敷着一张已经干了的面膜，面膜歪向一边，鼻子眼睛什么的挤在一起。我气恼地一把将它扯下，电脑里的鬼脸瞬间消失。“三更半夜的，不要戴个面膜出来吓人好不好！”

“赶紧睡觉吧。”老婆几乎恳求地说。

看着老婆疲惫的模样，我不忍心。于是，在那张帖子后面胡乱留了个“晕，剪刀那么好用”便搂着老婆睡去了。

也不知道是几点，窗外才微微亮。我想我是做了个梦，梦里的我突然惊醒，不是因为老婆发癫。其实老婆的癫病早些年就在美国给治好了，跟我在一起的十几年间，她再没犯过病。我把老婆的头轻轻地从肩膀上移开，刚翻过身子，我忽然激灵了一下。

余光中有一个小小矮矮的影子，差不多只有门框的一半高。那影子正站在卧房门口，黑黑的一团，像是平时地上的影子立了起来。它一动不动地盯着我。“咔……嚓……”剪刀合起的摩擦声响起，只见那影子一侧裂开条缝，细细长长的那部分慢慢抬起来，端点处捏着一把剪刀的模样，是那种刀片又短又细、握手处套着塑料软管的剪刀。

## 2

第二天，我坐在餐厅，刚拿起筷子，卧室里便传来老婆特有的那种带着颤音的尖叫。等我跑到卧室，便看见老婆拿着一把剪刀呆呆地坐在床沿，枕头上渗出滴滴血迹。

“你的枕头下面有把剪刀，把我的手指割破了。”老婆转头对我说。

我看着老婆手里的剪刀，又短又细的刀片闪着寒光。“谁把剪刀放这呢？”

“问题不在这儿，问题是我们家根本就没有过这样的剪刀！”老婆幽幽地说。

家里多出一把剪刀，想想是没什么大不了的事，再想想，就觉得有几分诡异了，联想到我昨晚的梦，越发觉得恐怖了。或许不是梦？或许真有那么个人在我床边？

我凝神看那把剪刀，此时它已经被儿子拿在手里把玩。儿子背对着我，穿一件牛仔背带裤，站在从窗子外射进来的光中，变成了黑色剪影。只有半个门框高。是的，他昨天晚上说过要来偷电脑的。

我想到一件可怕的事情。

“儿子，你告诉爸爸，剪刀是不是你带进家里来的？”

儿子愣了一下，连说：“不是我。”

“你想杀了爸爸，是不是！”我故意加重语气。儿子突然号啕大哭，扑向老婆：“我没想杀爸爸。”老婆诧异地瞪着我，我忽然反应过来，我竟然问儿子是不是想杀爸爸，疯了吧我。

## 3

老婆为了安慰儿子，带他去游乐场玩。我知趣地留在家里，心烦得要死。那把剪刀放在客厅的茶几上，绛红色的塑料软管包住手柄，像两片细长细长的嘴唇，诡异地笑。

这几天，天都阴沉沉的，要下雨又不下的样子，我去阳台收衣服，楼下花园笼罩在阴霾中，一个人都不见。

一件红色雨衣忽然飘入我的视野，它像风筝一样从对面楼的门洞里飞出来，细细的人型架子撑起布面。仔细一看，原来那架子真是一个枯瘦如柴的人，一头杂乱的黑发挡住她的脸，苍白的脸色若隐若现。她急匆匆地从门洞里出来，踩着时快时慢的小碎步闪进楼群的缝隙里。

傍晚，老婆和儿子回来了，儿子一脸灿烂，显然是被他怀里的一大堆熟食收买了。老婆把买的瓜果蔬菜一件件放进冰箱，放着放着竟嘤嘤地哭起来。我赶紧问："怎么啦？还生我气呢？"

"我回来的时候，对面楼底下围着一群人，都说四楼死了个大学生。"

我心想虽然死了人谁也有情绪，但也不至于哭吧，她这个样子，我都怀疑是不是旧病复发了。老婆接着说："大学生是被剪刀戳死的……两只耳朵都被剪掉了，那剪刀跟你枕头下的那把一模一样。"听了这句话，我愣了半天才回过神来，老婆继续说："我心跳得厉害，总想着那剪刀不是什么吉利东西，现在它已经杀死一个人了，接下来会不会轮到我们家？"

"你别瞎想，巧合罢了。"

她坐到我身旁，又把儿子搂在怀里，一字一顿地说："反正我们要小心。"

## 4

老婆把儿子送去睡觉之后，又倚在我肩膀上神神道道地讲了很多开车小心、别太晚回家之类的话。她不许我插嘴，我只能有一个没一个地点头。最后，她的说话声越来越小，终于睡着了。

我费了好大劲儿才把她抱回卧室，累得出了一身汗。正准备去冲个凉，客厅一头的电话忽然响了。

我“喂”了一声，那头没人接话。只听到嗡嗡的噪音萦绕在耳边，这噪音没有任何特点，不是行人的脚步声，不是工厂轰隆隆的声音，不是流水声，不是窸窸窣窣的聊天声，也不是医院里的点滴声，判断不出对方是站在哪里打电话。忽然，一个女人幽幽的声音缓缓响起，她说出了一个词：一楼……

我愣了一下，她说的是不是一个人名？像“易洛”之类的。

“二楼……”她接着说。

我反应过来，她说的是楼层号，莫名其妙！“请问你找谁？”我大声地问。

她没有任何反应，接着说：“……三楼、四楼、四楼、四楼、四楼、四楼……”

她卡在四楼，不停地重复，像是摔坏了的放音机一样。我看向窗外那栋死了人的楼，此时黑漆漆一片，一排排窗户一声不响地瞪着我。四楼有个窗子没有关严，白色的窗帘钻出来，在风里荡来荡去。我在想那个窗户所在的房间是不是就是大学生死掉的地方。我被自己这个想法吓了一跳，对电话里大吼一句：“毛病！”

窗外的风忽然大起来，那块白窗帘疯了一样拍打着窗户玻璃，那窗帘后面是否站着一个穿白色运动衫的大学生？一把红柄剪刀直愣愣地插在他的眼眶里，血灌满他的嘴巴，“呜呜”的哀嚎声……茶几上的剪刀依旧是那个干巴巴的笑容。

剪刀肯定是不能留在家里的，第二天，我趁下楼接儿子放学的机会准备把剪刀扔掉。

我把剪刀藏在怀里，紧张兮兮地四处张望。杀人凶手到目前为止还没有找到，警察在杀人现场没有找到一个指纹，无从查起。你说我一个大男人没事拿把剪刀在小区晃悠，不是明摆着找枪口撞嘛。我穿过楼下花园里的小路，赶紧钻进坐落在小区一侧的垃圾站里。

## 5

我把剪刀扔进垃圾池，不知是撞到什么东西上“哐当”一声巨响。一个穿红色雨衣的女人忽然从垃圾堆一侧蹿出来，把我撞了个趔趄。等反应过来，她已经弓着腰钻入小路深处，红色雨衣在灌木丛的缝隙中忽隐忽现。她身后的小路上滚落了许多五颜六色的垃圾，有梳子、破保温瓶、烂镜子什么的。

是上次见到的那个，现在想想，那天她从对面楼慌慌张张跑出来，那个样子就像是……杀了人一样。虽然我们这个小区算不上是这座城市里环境最好的，但也不是什么人都可以随便进来。人杂了，就容易出事。

出了垃圾站，我在小区门口又看到了那女人，她背对着我蹲在保安亭旁，正把怀里的垃圾一件件掏出来。一股股臭味钻进我的鼻子，忽然，“叮咚”一声，一把红柄剪刀掉在地上。

那剪刀很像我刚扔掉的那把，刀身已经锈迹斑斑。我突然觉得，一定要把这个女人赶走。便喊“保安”。那女人听了慌忙往我这边看，她有一张苍白瘦长的脸，大概五六十岁的样子。保安是个高高瘦瘦的年轻人，他从保安亭出来毕恭毕敬地问我：

“什么事？先生。”

我指指那女人说：“难道你闻不到臭味吗？把她给我赶走！”

保安探过头看她，脸上没有一丝表情，深深的黑眼圈下两只颧骨高高地突起。他点点头说：“对不起，我马上把她赶走。”说完便拖着女人的衣服，低头跟她说了些什么，不时看看我。

等他回来的时候，我问他：“跟她说什么呢？”

保安面无表情，说：“公交车来了。”我转过身去，看见儿子从车上跳下来。那保安趁机回到了保安室。

回到我们那栋楼，我跟儿子在电梯面前等了半天。红色的数字从二十开始跳，在十那里停了半天后才下来。“叮”一声，电梯门打开，里面并排站着两个脸色铁青的警察，一个瘦一个胖。我赶紧把儿子拉到一边，再仔细一看，两人中间竟夹着个低垂的脑袋，后脑勺正对着我，油黑的短发像枯草一样胡乱倒在一边。看得我心里发紧。

警察夹着那人吃力地挪出电梯。看不见他的脸，脚尖并排拖在地上，一副休闲装打扮。这样的架势，看来那是个死人。死在高层上，担架抬着电梯放不下，只这样被架下来。

回到家，我在卧室里发现了老婆，她一个人蜷在床上，瑟瑟发抖。见我进来了，一把抱住我说：“十楼又死人了。”我想到了电梯里那个穿休闲服的尸体。

“剪刀插在眼睛里，死了……两只耳朵也是被剪了下来。”老婆浑身冰冷。

我的身子倒还暖和，倒是心已经结成冰了。死了的两个人都跟剪刀有关，而我们家又无缘无故出现一把剪刀。

## 6

晚饭后，天已经黑了。我在阳台站了好久，底下围观的群众和进进出出的警察乱作一团，警察的压力不小，这个城市好多年没发生过连环杀人案了，况且是这样毫无线索的案子。我把之前发生的事情在脑袋里面重新过一遍，看看能否从里面找出能联系上的细节。那把剪刀？穿雨衣的女人？高瘦保安？

地下涌动的人头像一块黑色的疣，不断往花园扩散，油油腻腻的样子，看得我心里烦躁。忽然，那黑疣边缘有一对眼睛闪了一下，绿光像针一样射向我。是那个高个保安，他一动不动地站在人群后，露出半个脑袋仰头看我，眼睛深陷在高高的颧骨下面。

“嘎嘎……”我听到骨头拉扯的声音，同时，那个保安的头猛地往前栽下去，再抬起来时，那头跃下肩膀，向我飞过来，脖子迅速伸长，像白色的风筝线一样。

“嗖”的一下，保安的头蹿到我面前，我在他绿色的瞳孔里看到了我自己惊慌变形的脸。我惊叫一声往后退，惊慌中双脚绊在一起往后倒去……我没有倒在地上，撞到了一个湿漉漉软绵绵的东西。

那个穿红色雨衣的女人站在我身后！她青绿色干柴一样的手从永远湿漉漉的雨衣中伸出来，僵硬地弯曲在胸前，五根细长的手指缠在剪刀血红的柄上。

我几乎停止了呼吸，可眼前那头又垂下来，侧躺在我眼前的地板上，他高高的颧骨蠕动着，嘴里发出金属与牙齿摩擦的声音，那声音与唾液混在一起，听起来水水的。他笑了，干枯的嘴唇裂开来，大嘴张开，整张脸像是被撕成了两半。

他的牙齿上积满了牙垢，痰液从牙缝中漏出来，咚咚咚咚地滴在木地板上。他“呜呜” 地说出两个模糊不清的字，卷在喉咙深处的舌头呼的展开，露出喉咙深处半个红色刀柄……

我倒吸一口冷气。

“爸爸！我饿了！”

儿子在客厅喊我，我回过神来，舌头和剪刀不见了，红色雨衣不见了，楼下的人群渐渐散去，我做了个恐怖的白日梦。

## 7

晚上，两个警察来我家问情况，是上次在电梯门口看到的那两个。

瘦的那位问我：“最近几天有没有看见可疑的人在小区活动？”

我想了想问：“什么样的才算得上是可疑的？”

“陌生的人，看着不顺眼的人，感觉与以前不同的熟人都可以算。”旁边微胖的警察不耐烦地补充道。

“那应该有两个，一个疯女人……”

“疯女人？”

“对，我经常在小区里看见她，穿一件红色雨衣……”“那个不算。”胖警察打断我说，“那女人我们认识。”

“啊？”我吃了一惊。

“她是你们小区保安小吴的亲娘，小吴在警校时跟我们是哥们。”

“哪个小吴？”

“门口警卫室的那个。”

我的脑海里浮现出他高耸的颧骨和他喉咙深处的剪刀。他是那女人的儿子。上次他赶走亲娘的时候神神秘秘说了好多话。

“你说有两个，还有一个是谁？”白净警察接着问。

我愣了一下，心想，要是我说我怀疑的另一个人就是他们哥们，他们会作何反应。“现在想想，另外一个人也不是那么可疑了。”

“你只管说，可疑不可疑，我们自己有判断。”胖警察粗口说。

“是小吴。”我满脸堆着笑，小心翼翼地吐出两个字。

胖警察脸黑一阵白一阵，沉默下去。那白净警察还算有礼貌，尴尬地跟我握了握手：“那……谢谢配合我们的工作，打扰了。”“没事没事。”我赶紧帮他们把门打开，等胖警察出去后，我趁机小声地问那白净警察，“你们在死人的家里发现了什么可疑的东西了吗？”

他摆摆手道：“这个……不便透露……哈哈，你关门吧，我们去下一家问问。”

其实我很理解那个胖警察，他没有看到过那母子异常的表现。这生活中的一点点不正常往往被很多人认作偶然而一笔带过。如果不是因为那把突然出现在家里的剪刀，我也很难觉察身边原来存在这么多危险。

警察走了后，已经是十点多了。家里只剩下我一个人醒着，电话忽然响了。

“喂？”

“一楼……”

"喂？"

"二楼……"

是上次那个声音，"你到底是谁？"我问。可她继续说："三楼……四楼……"说得不紧不慢，不带任何感情色彩。她好像不是存在于这个世界。

"五楼……"她没有在四楼卡住。

"六楼……七楼……八楼……九楼……十楼……十楼……十楼……十楼……"她卡在了十楼。

等一下，一束光穿过我的脑袋。今天死的那个人住十楼！上次死的那个住……四楼。这是一个报告死亡的电话。

"你到底是谁？"我歇斯底里起来。我分明看到那个穿红色雨衣的女人躲在小区某处的阴暗处，她一边从怀里掏出一把把红柄剪刀，一边念叨着：一楼，二楼……四楼……十楼……十九楼。我家在十九楼。

电话却断了。

我赶紧追拨过去，另一个冷漠的女声飘出来：对不起，您拨打的号码是空号……

## 8

接下来几天，我一直在等那个女人的电话，不管她是这个事件的主谋，还是不愿透露身份的知情者。无论如何我要找到她。

可她没再打过来。我想她是不是要等死了人之后才会出现，那样的话，下次接到电话的也许不是我了，而是另外一个深夜不睡的男人（或许是小孩），他会听到电话里的女声从一楼一直往下说，最后卡在十九楼。

可能小区里没什么线索，警察调查了几天就回去了，只是吩咐居委会大妈，要她提醒住户，在凶手抓住之前尽量少出门，跟家人待在一起。

可凶手就在我身边，警察抓不住她，我决定自己去。

一个傍晚，我到了十楼，敲响那扇曾经被警戒线包裹着的门，“咚咚”的敲门声回荡在电梯大厅里，那声音撞在金属质感的墙壁上，硬邦邦地弹回到我耳朵里。没有人开门。我敲得更用力了，门却悠悠地开了。

傍晚微红的光穿越窗户打在客厅里，沙发、落地灯、电视、空调上都蒙上了一层不真实的光，把沾在它们上面的指纹都盖住了。“有人在吗？”我喊。

没人回答。

我拉开主卧的门，又询问了一句，还是没人回答。最后，我打开一扇挂着“学习中……请勿打扰”牌子的门，黑暗将我笼罩，死亡的味道扑面而来。正对着门的窗户地下，一件被灰白挡尘布盖住的事物赫然展现在我眼前。

扁扁的微仰的头，宽阔的肩膀。那是一台电脑。我想，人就是死在这电脑前面。

我走过去，轻轻掀开布的一角，看到了一个黑色转椅上的轮子，再往上，椅背露出来，再往上，仿佛看见一个仰着的人头，头上油黑的短发像枯草一样胡乱倒在一边，一把剪刀插在他左眼上。我还没惊叫出声来，卧室门边便亮起了一个手电筒。“你是谁？”“手电筒”问我。

“我……是这栋楼的……”我回答“手电筒”背后那个高

大的影子。

“来干什么？”“手电筒”移到我的眼前。

“跟这家人交情不错，来安慰安慰老朋友。”我眯着眼睛说。

那影子半天没说话，这时我才想起来反问他：“你又是谁？”他把手电筒放下，露出一张长脸，浓浓的黑眼圈下两个颧骨高高耸立。“小吴……”我在心里念叨出影子的名字。

“都这个时候了，还没下班？”我试探地问。

“我留在这里看守房子。”

“谁叫你看的？”

“物业公司、警察，都说了。”

“这家人呢？”

“他们在警局……”

“哦……我来的时候，这门没锁，我喊过几声，也没见你回答。”

“在厕所。”

他对答如流。像是提前背好的。

“没事不要随便闯进来，这里是凶杀现场。”他面无表情，只有两片薄嘴唇在轻轻抖动。

“是……这就走。”我垂头丧气地说，一边往外走。经过他身边时，一圈血红色闯入了我的眼睛，稍纵即逝，被他的身子挡住了。“你背后藏了什么？”

他愣了一下，直直地看了我一眼，从背后拿出一把红柄剪刀，说：“我刚在厕所剪指甲。”他很会编故事，编了个我怎么也不会相信却无力反驳的故事。我只好问：“这剪刀你自己带来的？”

他的眼神晃了一下，说："是……"很明显的谎话。看来那剪刀是他在这房子里找到的，他想藏起这剪刀，掩盖证据。我刚想质问，但看他身材高大，腰间还插了一把沾着锈迹的警棍，动起手来，非被他废了不可。便把话吞了下去。

"哦……那我走了，明天再来。"

他微微点头，苍白的脸被手电筒的光拉得更长。

## 9

第二天一大早，我便去物业公司核实到底有没有派保安去看守死人家。回答是没有。那就对了，我暗喜，立马驱车直奔公安局。

警官们听到有人来提供线索，都很热情。茶一盏盏地送。先前的胖警官也在欢迎之列，不过，几天任务下来，我看他已经瘦了许多。"你们最好查查我们小区的保安……还有他娘。"我说，接着便把前些天发生的事一五一十地讲出来，并着重讲了昨晚的事。

听完我的描述之后，局长点点头说："嗯……是很可疑。"他马上吩咐下面的人去小区找保安。"你也跟我们去。"局长最后跟我说。

警车"哇呜哇呜"驶在去小区的路上。我坐在最前面一辆车里，窗外的行人像幽灵一样飘过，头顶上一蓝一红的警笛声，是我听过的最可爱的声音了。去小区要经过一条叫货乡的巷子，那巷子两旁挤满了一个个卖小零碎的地摊，卖什么的都有，梳子、发卡、内裤什么的。还不时有人将家里没用的东西搬出来摆在路边，有人要就便宜拿走。

前面的路越来越窄，都被来巷子寻稀奇便宜东西的人堵住了。

警车一边不耐烦地垂着大喇叭，一边慢慢地挤过去。经过摊位时，我不经意地朝摊位里看。几张报纸上堆了好些东西，有女人用的丝巾，花的白的红的用橡皮筋捆了几捆；还有不同式样的烟灰缸，看样子都很高级的样子；还有一些首饰，不知道是真是假。最后，我看到了一堆剪刀，一堆红柄剪刀，有些是崭新的，有些已经生了锈。这时，一只红色的袖子拂过那堆剪刀。

“停下！”我朝司机喊。

司机马上踩住刹车。旁边的警察问：“怎么了？”

“下车！那摊子在卖我说的那种剪刀。”

我冲下车，拨开人群，准备揪起那个穿雨衣的女人。可我眼前是一个穿红西装的女人，头发疏在脑后。我不甘心地问：“这摊子是你的吗？”她看着跟在我身后警察畏畏缩缩地说：“不，不是。”

“那是谁的？”

“刘姐上厕所去了，她……她让我帮她看一下。”她说着，指向巷子那头的一个破旧的公共厕所。我回头看去，那个红衣女人正直挺挺地立在厕所门口，她显然已经发现我们了，拔腿便跑。

“追！”

她呀呀地叫着，跑得很快，我们追到厕所时，她已经拐过街口，当我们追到街口时，她又拐进了另一条街。突然，响起一阵猛烈的刹车声，还有路人的惊呼。

她被汽车撞了，飞出去几丈远，撞倒了一块广告牌，倒在玻璃片中。鲜红的血与雨衣混在一起，枯黑的头发缠在她的脖子上。警官吩咐了几个人将她送去医院，其他人继续往小区赶。

“看来，保安母子十有八九就是凶手了。”

“唔……”

在车上，司机跟旁边的警官聊起来，两人没心没肺地大笑。我眼前则不断浮现女人的惨状，心里有些内疚，没有搭话。

到小区时，警察守住了各个出口。负责人说，小吴今天一早便去值班了。于是警官派了一对人马直接去保安值班的四号楼抓人。从一楼到顶楼，他们寻遍了每一个角落也没见他的身影，也没见他出小区。

到了中午，还是没有他的消息。

他失踪了。

## 10

小吴的黑白照片贴满了整个城市，他那双躲在颧骨后面的小眼睛窥视着每一个行人。他失踪两天了。小区里的居民自从知道“剪刀杀手”就是自己身边的保安后，都悬着心。一是为那样的事实所震动，二是怕他被逼急了又回来杀人。其实，最害怕的应该是我，我害了他，害了他娘。如果他回来的话，第一个要杀的便是我。

老婆这几天倒是很平静，上她的班，买她的菜，跟个看破生死的尼姑似的。她这个样子很让我担心。当年她弟她妹一起死在车祸中的时候，她也是这个样子，没过几天就犯病，神志不清，抓起把椅子就往外跑，嘴里大喊着要砸烂那肇事的司机。后来，她美国的爸妈把她接回美国治疗，不知道用了什么药，一个月就好了。回来的时候活蹦乱跳的。

我就担心她又犯病。

公安局打电话给我，说小吴她娘醒了，但她否认杀了人。当问到她那天为什么跑的时候，她只说自己偷了小区住户的东西，那天摊子上卖的东西都是她偷的，看见警察来，以为是事发了，所以要跑。

她说的话，我没有可反驳的，忽然想到一个问题，便问："那你们有没有问她，前段时间有没有一直打电话给我？"

"她打电话？不可能，她是哑巴。口供还是她写在纸上交给我们的。"

我傻了，现在想想，我跟她在一起的时候，她确实没说过话，最多是"呜呜"地叫。

那打电话的女人是小吴的老婆？情妇？妹妹？

这过了几天我去接儿子的时候，发现门口值班的已经换人了，是个白脸细眉的小胖子，看起来还挺和蔼可亲的，浑身泛着油光。终日笼罩在小区头上的阴霾好像也被小胖子的光芒驱散了，只是我心里总晴朗不起来。

儿子的车来了，他从公交车上下来，一边朝车里招手，说："叔叔，再见。"我朝车里看去，只看见一个高高大大的影子。

"你跟谁再见呢？"

儿子舔舔手里的棒棒糖，砸吧砸吧地说："一个叔叔。"

"是爸爸认识的吗？"

“他说是爸爸的朋友，还说如果我把一个东西交给你，请我吃棒棒糖。”儿子说着从书包里拿出一个黑色塑料袋。那袋子皱巴巴的，包裹着一个盒子形状的东西。我打开来看，是个普通的茶叶包装盒。打开来。是一把剪刀，红柄剪刀……

我仿佛看到了那张躲在窗帘后的颧骨凸出的脸，他一边朝儿子招手，一边看着我，脸上毫无表情。我“啪”的一声将儿子手里的棒棒糖打掉了，红白的糖粒碎成几瓣。儿子愣了一下，接着便号啕大哭，嘴里冒出一串两个字的词语，我猜是骂人的话。“哭什么哭！再吃吃死你！”我也激动起来。

那胖保安从值班室里探出头，嘴角还挂着一条方便面，他问：“怎么了？”

“没事，小孩不懂事。”

他哦了一声就缩回去了。

## 11

他恨我，他要来报复我，他找上我儿子了！不行，我要把儿子送走。我没有跟老婆说这件事的原委，只是告诉她我妈她老人家想孙子，让我趁着放假把儿子送去老家几天。老婆没有怀疑，干干地说了一句：“那好啊。”

儿子走后，我心里放松了不少，我一个成年人，一百六十来斤，不怕他来报复，即使被他插几剪子也没多大事。倒是有点担心老婆，她这几天越来越少说话，好几个晚上我起来上厕所的时候都看见她在客厅里嘤嘤地哭。第二天问她，她只说晚上睡得不好，做了许多梦。

我总觉得有什么事要发生，就在这几天。

果然，一天晚上，老婆失踪了。她从早上上班出去后，一直到晚上十点都没回来。我打电话到她单位，那边说反正她五点就下班了，回没回家就不知道了。后来我又叫来几个居委会大妈帮忙在小区里找，几只手电筒从东门晃到西门，愣是没见着她的影子。到半夜了，大妈们一边打着呵欠一边对我说："她会不会回娘家了？"

"不可能，她娘家人都在美国。"

"哦……那明天再找吧，啊？找不着得报警！"

大妈都这样说了，不好再麻烦人家。我将她们送走后，又在花坛和垃圾站周围找了一圈，终究没找到。我满身疲惫地回到家，发现沙发上坐着一个人！她背对着我，一头长发保养得很好。

"老婆？"我问那个露出半截的背影。

过了半天，她转过头来，满脸笑容："嗯？老公！"那个笑容太天真无邪了，我不寒而栗。"你……你……去哪了？"我问。

"儿子今天打电话给我，说想吃牛肉干，我去邮局给他寄去了。"她又笑了一下，露出一排细小的颗粒饱满的白牙。

"哦……下次再这么晚回家，记得给我打电话。"我木木地看着她，觉得有点不对劲儿。细细一想，原来是她穿得不对。黑色的牛皮高跟鞋，黑色的长筒裤，红色紧身皮衣。这是十几年前她从美国治愈归来的时候，我花了半个月工资买来送给她的。她穿了几个月，后来就一直没再穿过。我还以为她早扔了，没想到，现在突然穿出来。

像一把大剪刀，红色柄，黑色刀片。

“你累不累？累就去睡。”她说。

“我还真有点累，那我去睡了。”我轻轻地转过身，在后脑勺上留了双眼睛。见她回过头，又把长发对着我，没有起身的意思。“你不睡吗？”

“我还不困，坐会儿。”她的头发随着讲话声一抖一抖。

“哦……”我闪进卧房。把房门放出一条缝，躺在床上正好可以看到她的脑袋。我就这样监视着她，一直到后半夜。她坐在那里一动不动，一动不动的意思是纹丝不动，像一尊雕塑。她也没有讲过一句话，脖子僵硬，眼睛似乎平视电视里的什么东西。我从电视的黑色反光里可以看到她拉长的变形的脸。在大概两点的时候，她离开了一会儿，去了门的方向，过了几十秒钟又回来接着坐。我看不到她在干什么。

没有月亮的晚上比有月亮的晚上冷。我缩紧身子，把被子拉到脖子上。一个方向看太久眼神就容易迷糊，眼神迷糊了人也就迷糊了。我频频栽头，实在是想睡觉，可又不敢睡，怕老婆在我睡着的时候变成另外一个人。

我拍了拍脸，让自己清醒一点。再看过去的时候，只剩下一个头顶。她低下了头，随后一阵微弱的声音传到我耳朵里，听不大清楚，像是“呜呜”的隐忍的哭声。我悄悄下床，把耳朵塞进门缝里。

“你……你……活该……杀了你……呵呵……剪刀……不要睡觉……我没睡你不要睡……杀了你……你睡了吗？睡了吗？杀了你……高小印……”那声音越来越大，说到最后一个名字的时候，仿佛就在我耳边。

高小印是我的名字。

“你在偷听……啊……”声音一下拔高，最后一个“啊”仿佛是在声带就要断裂的一瞬发出来的，夹带着令人头皮发麻的“嘎嘎”声。我猛地缩回耳朵，抬头一看，老婆张开双腿立在我面前，手背在身后，像一把张开的剪刀。眼里爆满粗大的血丝。“高小印？”她问我，嗓音来回跳动。

我蹲在地上，心里寻思该不该回答。我现在还不知道她是什么身份。如果是我犯病的老婆，我就该顺着她回答，如果是另外一个我不认识的要杀我的人，我就必须闭嘴。

“高小印？”她走前一步，把门猛地推开，又问。

“是！”我竟然脱口而出。

“杀了你啊！”她脸色一变，突然扑过来，从背后举起一把血红的剪刀。我滚向一边，剪刀插在木地板上。插得很深，她拔了半天终于没有拔起来。我赶紧抱紧她：“你为什么要杀我？”她在我怀里挣扎，嘴咬得咯咯作响：“你撞死我弟、妹！”听她这么说，我反而宽了心，她只是犯病了，并没有变成另外一个人。

她猛地往后一撞，我没有抓牢，一下被掀翻在地。她准备转过身来掐我，我条件反射地扫了一腿，正好扫在她脚踝上。咚的一声闷响，她倒向一边，头重重地撞在床角，一下软在地上。

我赶紧抱起她问：“没事吧！没事吧！”

这时，一个高大的影子从地板上一晃而过。

## 12

“谁？”我大喊着跑出卧室，那个影子已经出了门。我又追出门去，他来不及等电梯，从楼梯往下逃。“抓住他！”值晚班的保安正好从楼梯口上来，把他撞倒在地。我赶紧冲上去，和那被撞得鼻青脸肿的保安一起将他压在身下，他挣扎了几下，不动了，这时我才看清他，保安小吴。

到了警局，我问他：“你为什么在我家？”

他正视着我，很愤恨：“你说呢？”

“我承认，是我害了你娘，可你不该杀我。”

“我没想杀你，是你有病的老婆杀你。”

“你唆使的！”

“我只是在她迷惘的时候，给了她一点提示。哈哈，说来有趣，警察都没找到我，你那疯老婆竟然找到了我，还让我帮她找撞人的司机。我就告诉她：‘你傻啊，找仇人做夫妻，你弟、妹不会原谅你。’她很好骗，但是笨，说了半天都不明白我的意思，最后我烦了，只好告诉她，那司机叫高小印。”

我擂响桌子：“剪刀是你给她的？”

“谁知道！或许吧，小区的地下室里，我床头，有一大堆，都是我偷的，用来卖的，不是用来杀人的。谁想拿谁拿！”

“那好，你们家除了你娘还有其他女人吗？”

“没有！”

“那你会学女人说话？学一个我听听。”我想弄清楚打电话的女人是谁。但他白了我一眼说：“神经病。”

回到医院的时候，老婆已经醒过来了，我说的是彻底醒过来，不发疯了。

她说：“我这病还是得去美国治，要不趁着暑假，我们一家去美国？”“好啊。”我马上点头，因为我实在不想再与剪刀纠缠下去，不管人是不是那对母子杀的，也不管那打电话的人是谁，反正我不愿再待在这里。

我打电话给美国那边，岳母说签证没问题，让我们早点处理好国内的事情，等签证一下来就马上走。老婆去老家接儿子，得明天回来。我则留在家里将最后一张电路图画完。月亮很圆很圆，有一些飘荡着的阴影挡住她的脸。惨白的月光打在阳台，像是扑了一层厚厚的脂粉，比死人的妆还要浓。

我拉上窗帘，把这些让我紧张的月光挡在外面。

一角的电话响起来，丁零零丁零零……敲打我的心脏！

“喂？”

“一楼……”她说。

“二楼……三楼……四楼……五楼……十楼……”她接着说。

“十一楼……十二楼……”我颤抖起来，指甲快要陷进肉里。

“十五楼……十六楼……十七楼……十八楼……十九楼……”她没有停！我松了口气，但她的语速突然加快，时而尖利，时而低沉，像是一个歇斯底里的女人在向我痛诉。我在想到底要不要挂电话。

“二——百——楼！”她突然，一字一顿说。

“什么？”这跟我预想的完全不一样，我情不自禁地反问。

她没有回答，只是尖尖地笑了一下，那笑声很长很长。

## 13

“200楼？”

这世界恐怕没有这么高的楼吧，但她说得那么斩钉截铁，令人不得不相信这世上真有叫这样名字的地方。或许它是中国的一个叫二百楼的县，有一首歌不是唱么：2002 年的第一场雪，比以往时候来得更晚一些。停靠在八楼的二路汽车，带走了最后一片飘落的黄叶。中间的“八楼”就是一个地名。也或许它代表的不是一个地方，而是某个抽象的东西……

等一下，让我想想。

我拿着电话思索着，眼睛忽然瞟到卧室，里面有一台与我朝夕相伴的沉默的电脑。它在偷偷地想，那男人站在那里干吗？

电脑……网站……论坛。

等一下……

在论坛里，200 楼即是第 200 个跟帖的人。之前那两个死人被剪刀插死的时候，女人跟我说的四楼和十楼并不是死人住的楼层，而是他们泡论坛时留言的顺序？

想到这里，我赶紧打开电脑，搜索“剪刀，女人”。

电脑给了我 3610000 个答案，加上“论坛”关键词后就只剩下 5001 个答案了。可要在这些答案中间找到那个还不确定的，比大海捞针还难，至少他们还知道捞的是针。我滚动鼠标，一串串猩红的标题晃过眼前。

我咽了一口口水，喉结从下巴滑到领子里。忽然一个标题出现在眼前，静静地停在页面的最底端：“无良女人用剪刀残忍减去亲生女儿一双耳朵，只为女儿偷听其与情夫密语。”

“唉……”我的身后忽然响起一声叹息，好像是从阳台里传来的。阳台被晃荡着的窗帘挡得严严实实，只在底下留出一条缝。不过，我已经看见那个女人了，确切地说，是看见了她的一双并排放着的脚。灰白色的脚背，灰白色的血管，边缘参差不齐的指甲。脚很小，她很年轻，应该是被杀的女儿。

我忍住不再去看她，轻轻将那个标题点开，自动登录。

“唉……”她又叹了一声，嗓音年轻又苍老。窗帘颤动了一下，她的影子扭曲起来。

我看到一张照片，是一个普通的妇女，只是眼神慌乱，手里捏着两片新鲜的耳朵。图片下有很多人的留言，从 2 楼一直到 346 楼，但 199 楼之前都显示会员离线，一张张照片全都毫无血色，像是遗照。

4 楼留的是：活该，你娘有没有告诉你中国传统美德？ 10 楼留的则是一个杀人的表情符，白晃晃的匕首上流着血水。

我翻到 200 楼，看到我自己留的言：“晕！剪刀那么好用？”

“唉……”叹息声忽然近在耳边，我腿一软，嘴里呼出一口凉气。电脑屏幕上印出我惊恐的脸庞和肩膀上的半截女人头。她深黑色的眼窝里镶嵌着一颗极小的眼珠，脸颊两侧横挂着一条条干结的血痕。

我的耳背一凉，两片锋利的刀片架在上面。

“唉……”女人叹息。

忽然，我的照片瞬间变成了黑白色。

# 我的女友汉尼拔

## 1

这件事发生在我的大学时代，现在说起来，还是有些不可思议，心有余悸。就像那次事件中，在我腹股沟留下的那道深达输精管的伤痕，直到现在依旧时时作痛。每晚，不断促使我翻涌出半年前的那段黑暗记忆。

2013 年 6 月底，我从天津大学电子信息工程专业毕业。毕业晚会开到一半的时候，正是气氛最热烈的时候，趁热闹人多，我终于鼓起勇气跟她提出了分手。我的脚在学士服里像踩着缝纫机一样抖，我只敢在万人礼堂里跟她提这件事，因为我需要极大的安全感，所谓的光天化日对我来说很重要。

她有一头留了多年的长到腰的黑色头发、尖利瘦削的下巴以及一半藏在头发后面长长的单眼皮眼睛。我记得很清楚，当时她从我嘴里得知自己被甩，当下没有吱声，也没有扭过头来看我，只是死死地盯着舞台正在上演的一段群舞，咬紧牙槽，脸上的肌肉绷得紧紧的，像塑料。

我默默把脚尖拧向安全出口的方向，做好随时逃命的准备。她保持一贯的镇定，但我知道事情不会这么简单，按照她的作风，她肯定不会就这么毫毛不少一滴血不流地放过我。实际上，事情发生之后取证，警察跟我说，他们在她坐的那张塑料椅子下面发现了几片插进椅子的指甲，是她为了忍住杀了我的冲动，硬生生抠断的。

我大概是在一年多以前，在学校北边那片桦树林里遇见的她。

当时是后半夜了，我从网吧回来翻围墙进学校，落地时正好跳在她面前。她穿了一件连身的白色睡衣，一手的污泥，把我吓了一跳。也不知道她当时干了什么，整个人佝偻着，气喘吁吁、慌慌张张的样子。我看她衣服前边有片晕开的血迹，又见她面红耳赤，便问她是不是需要卫生巾，要不要我送回寝室。

她抬眼看着我，眼睛里布满了血丝，怪可怜的。我就叫她别哭了，举手之劳，不要太感动。

第二天，莫名其妙，整个学校都沸腾了。所有人都在谈论是有个表演系的女生失踪了。我赶紧跑去安慰她，因为那个女生就是她们寝室的，睡她对床。我觉得她很可怜，室友发生这样事情也会很孤单和害怕，所以有事没事就会去陪她，安慰她，开解她。

就这样，我们相爱了。

第一次发现她有些反常，是在她送我玫瑰花的时候。

她说她为了送给我一朵世界上最独一无二的玫瑰花，自己在寝室里养了一盆，把自己做完的面泥留下来做花泥，剪下自己的指甲来做化肥，每天拿自己的尿液来浇灌，如此才培养出了那朵带着她的标记的花。

这朵花红是红绿是绿，娇艳欲滴，看着它，我从心底泛起一阵恶心，等她走了之后的下一秒，我就把它扔进了垃圾桶。可是第二天早上，我一醒过来，发现那朵花又顽强地出现在了我枕头边……

我的室友马达也发现了她的奇怪，曾经还劝我尽早离开她。我当时还处于恋爱兴奋期，虽然也知道她有些问题，但我从她身上得到的快乐远比无谓的摩擦多得多，所以我没有听进马达的劝告，甚至还打了他一顿。那天没有跟他道歉，直到现在我都追悔莫及，因为第二天，他经过25教化学楼楼底的时候，不知道为什么，一个装满化学试剂的铁柜子从楼顶掉下来，把他砸死了，腐蚀成了一摊烂肉。

这回轮到我的室友死了，她也跑过来安慰我。说人死终不能复生，活着的要好好活，让马达安心去吧。多体贴的女生啊，对一个诽谤过她的人不但不记恨，还以德报怨。我当时紧紧抱住她，感动得稀里哗啦的。她身上的味道很好闻，有一种硫化氢跟硝酸钠混合而成的凛冽感，我甚至因此还跟她上了床，献出了自己的第一次。

## 2

她带我去见她的爸爸。

她们家离学校住得非常近，就在教职工生活区里，这是一栋房龄超过五十年的筒子楼。我看见她开门用的不是钥匙，而是一根长长的、一头带着沟的、针一样的东西。她说她们家门锁坏了，只好临时做这么把钥匙。

一开门，我就闻到了浓烈的中药味。

她说她爸感冒了，正在卧室里躺着养病呢。出于礼貌，我去卧室跟叔叔打招呼。叔叔躺在被窝里，把自己裹得严严实实的，只露出一个脑袋，他有一头卷卷的黄色的头发、深深凹进去的眼窝，以及一双蓝色的眼睛。

她说她是混血，爸爸是美国人，老家是美国中部一个无名小镇，家门口有一片巨大的湖。难怪她长得那么漂亮。

我装出一副老实腼腆的笑脸跟她爸打招呼。她爸瞥了我一眼，犹豫了片刻，把放在被子里的手拿出来，冲我扬了扬。那是一只铁钩子，看起来锈迹斑斑的。他还想爬起来招呼我，我一看叔叔病成这样，还有残疾，就叫他不必客气了。

“您赶紧歇着吧。”我说。

我对她爸印象挺好的，总觉得在哪里打过照面一样，有一种没由头的亲切感。

在房间里参观了一圈，我发现他们家的陈设布置得跟班导李老师家的一模一样，连电视柜上摆着的全家福相片里，都是李老师一家三口的模样。要说唯一的不同，是客厅角落里多出来的三只行李箱，两大一小。她又说她原本就是李老师的远房亲戚，李老师一家移民去美国了，就把房子借给她和爸爸住了，那行李是李老师搬不走，暂存在这的。

原来是这样。

不过李老师走得也太匆忙了，也不知道把什么东西塞进了箱子，放久都烂了，搞得地板上漏出了几摊黑水。我觉得有必要在未来的岳父面前展示一下自己的勤快，就很贴心地把那几摊水拖干净了，还用洗衣粉清洁剂把地刷得干干净净。她当时似乎还挺不好意思的，老是要拦我。我刮了刮她的鼻子，说："傻丫头，以后这种擦地的活都交给我，女孩子的手沾这些东西容易伤。"她就只知道笑。

在那之后，有好几次我从网吧出来，总能在夜路上碰见叔叔，他总是在搬一个很沉很沉的麻袋，我都很热心地上前帮他搬上车。每次他都用钩子手拍拍我的肩膀，称赞我："well，thanks，you are a nice guy！"

也许是我的殷勤表现让叔叔很受用，我跟她的关系自此稳步上升，几乎就要到谈婚论嫁的地步。

直到大四毕业前夕。我一直在追的一部杀人魔题材美剧出了第二季，我当时迫不及待地要点开来看，可是她三番五次不顾内裤没穿好，跑过来拉着我，腻在我怀里不让干别的。

我只好哄她一会儿，叫她去换一条嗜血护士主题的情趣内衣，趁那个时候，我才有机会点开美剧。只是看了一会儿，我就觉出不对劲儿来。越看剧集里那个杀人魔，越像她爸。我赶紧往后拖，片尾出来一句字幕：本剧根据真人真事改编，钩子杀人魔目前依旧逍遥海外……

我吓得按下笔记本屏幕，她已经一声不响地出现在电脑后面。穿着全白带血的护士服，举着一把水果刀，说：“着急了吧？我们来玩吧。”

我快吓死了。

所以我决定在大家各奔前程的当口，在毕业晚会上跟她提分手。谢天谢地，她没有发飙，一直挺着身子，眼睛也不眨，直到晚会结束。我弱弱地说了一句：“你要好好的哦。”就赶紧跑回了宿舍，提着早已经收拾妥当的行李，立马走人。

在去往北京工作单位报到的火车上，我在下铺睡得迷迷糊糊，做了很多噩梦，生怕她追过来。

我对她的恐惧如此深厚。在半夜，我似乎在梦中都听到了钩子碰撞床铺铁栏杆的声响，一下子惊醒了过来。睁开眼，火车正进入一个长长的隧道，整个硬卧车厢里鼾声如雷，此起彼伏。

有一个声音由远及近：查票了，查票了。我心想这么晚了大家都睡着了还查票，就看到查票的人走到了我跟前。他把手伸过来要票，我翻个白眼把票递过去，隧道灯一晃，才看清楚，那是个钩子。

钩子直朝我的裆钩过来，我正迷糊着呢，根本没时间反应。这时候，上铺伸过来两只手把我往旁边一扯，那钩子万幸没钩中我的要害，但是钩上了我的腹股沟，差点没把我的输精管割断。

救我的人从床铺上猫腰弹起，像黑猫一样朝钩子男扑过去，他们俩扭打在一起，我看清楚了，那是她和她爸爸。

在我痛苦的叫喊声中，乘警马上就要赶过来。她哇哇呀呀跟她爸吼了几声，她爸狠狠剐了我一眼便把旁边的车窗敲碎了。在她爸拉着她跳车的前一秒，我看见她朝我笑了笑，沾满血污的嘴巴一张一翕，然后就钻出窗外，消失在轨道旁的麦子地里……

我至今无法忘怀，一想起她说的那句话，输精管就疼。

她说的是：“你也要好好的哦。”

Hi！你还好吗？现在，我有些怕见到你，又有些想你，不知道你从学校毕业之后何去何从了。我只能默默地祝福你，在有可能的情况下，想再遇到你。

# 重金属计划生育

## 1

“生死由命，富贵在天”这句古谚的释意，早在多年前就被《新世纪新辞海》重新修订过。它原意是讲人的命格和财富不由人掌控，老天自有一个小本本，旦夕祸福早已记录在案。《新世纪辞海》的修订版，在后面加了一句注解：仅限于“捆绑时代”使用。

“捆绑时代”中所说的“捆绑”，是指人的肉体和思想终身合为一体，不分彼此，肉体的崩溃必然会导致思想的灰飞烟灭，而肉体轻易就可能损坏，确实不是由人说了算的。

最终，是“栈灵机器人”的出现，终结了那个时代。

“栈灵机器人”其实就是指肉体的机器替代品，这台机器就像个船坞，可以停栈失去了肉体的死者的思想，让死者永生。基本上，在“栈灵时代”，没有标准意义上的死亡，生命依附于思想，都是永恒存在的。

所以，所谓生死有命，当然就是老掉牙的说法了。

作为基层办事大厅里一个普通的速记员，我对这个新的时代没有过多的赞誉，好比我的父辈对他们的时代也不见得有多嫌弃一样。因为对于栈灵机器人，每个人都有需要它的时候，每个人也有讨厌它的时候。需要，当然是需要它来续命。讨厌，是因为它的出现，导致这个世界只有出生人口，没有死亡人口，城市里早已经人满为患，每个人的生存空间被不断压榨。

我在帮科长列印一张公文时看到过一个词，叫作机器人口大爆炸。

机器人口大爆炸这个问题最早暴露出来是因为一起交通意外事故。有个肉身在地铁车厢里被两个机器人挤得颅脑大出血，一命呜呼。当然这不算什么大事，第二天他就通过栈灵复活，拥有了一具机器身体。只是，就像21世纪的人面对整容更喜欢天然的一样，现在的人多少对机器有些歧视。他在记者的话筒前愤愤不平，撂狠话说要找到那两个挤他的机器人，非揍得他们断几根线路不可。

记者没有把这个新闻放在社会民生版，而是下了个黑体大标题放在了政治版，首次提出了限制人类机器人化这个议题。然而这个议题当时没有受到高层的重视，因为高层不坐地铁。

再后来，由于死亡成本的持续减小，以及机器身体逐渐主流化，导致一个仪式开始在年轻群体里流行——

每到高考结束，一个班的同学会相约站在阳台，集体抛弃自己的肉身，而选择去拥有一副更帅、更漂亮、更强壮、更有趣的身体。他们做出这样的决定，就跟我们现在决定换一个发型那样简单。

这些年轻人当中，就有父母深处高层。他们的父母或许曾经反对过他们的所谓“变身请求”，但在接到死亡通知的时候，父母也就不得不妥协，按照他们临死前在微信里发的帅哥美女样式，给他们备上一个机器身体了。总之，非常迅速地，地球生命体的数量达到了空前的一百五十亿，紧接着，一个针对机器人的计划生育法令便在高层中拟定，迅速出台了。

这个时候，栈灵机器人更新到了第二代，这是2088年。

## 2

《重金属计划生育》法令：

1. 提高死亡成本。主要措施为抬高二代栈灵机器人售价，提高使用门槛；

2. 减少现有机器人口。主要政策为逐步淘汰一代栈灵机器人，为当前没有条件升级至二代机器人的一代使用者提供“灵魂罐”存储意识，以尊重生命永续的基本需求。亦鼓励民众以崇高的生命观看待世界，走入自然的生死循环（既选择释放灵魂，自然死亡，还世界一片净土，造福后辈子孙。）

3. 甄别。由于一代栈灵在物理层面已经很难与肉体辨别，对于蓄意隐瞒机器人身份自保的民众，政府将采用“新图灵测试”加以甄别。从即日起，图灵小组将分区展开甄别工作。

按照我的理解，这样的法令颁布之后，首先受到染指的只能是像我们这种收入卑微的底层民众。有钱人，自然是因为有钱，奔着第一条直接升级去了。没钱人，要么接受第二条，要么挑战第三条。只能是这样子。

至于法令中提到的灵魂罐以及新图灵测试，我是亲眼见识过的。

那天，我和同事林光鲜刚进公司打卡，嘴里还叼着咖啡杯，就被前台通知直接去会议室。

会议室拉起了蓝色的围帘，隔出来一头。晨光映耀下，大致可以看出围帘里有两个人对坐一张桌子，桌子上放着一个杯子，搞得跟面试似的。

围帘四周有警察把守，他们的帽檐上贴了一圈屏幕，滚动着一串红色 LED 字符，写的是“图灵小组”。我和林光鲜在警察的指挥下走到入口处，跟几十个交头接耳的同事排在一起。

出口处，有几个人正襟危坐成一排，其中居然还有我们的领导。我看他面无表情，纹丝不动。相比于往日动不动的暴怒，此时安静得可爱。

林光鲜忽然伏在我耳边说，他们被关掉了，他们是一代栈灵。

连老板也是机器人吗？我为此感到极度惊讶，他不是曾经在厕所跟我一起尿尿的时候，还跟我讨论过哪个剃须刀好用，暗示我送他一个吗？

“有些人连他们自己都不知道自己什么时候变成了栈灵，一代的仿生做得那么牛逼，连生殖系统都可以正常使用。”林光鲜鄙视我的无知。

队伍向前挪了一个人的位置，出口处立马就有一个同事被警察押解出来摁在我们领导的旁边。

一个女警赶紧走到那个人面前，将我们好奇的视线挡住了。只约莫看见她手里握着个什么东西对准那个同事，“咚”的一声，好像是敲开了一个核桃。

等她移开，之前还在奋力挣扎的那个同事也安静得像一尊新塑的雕塑了。

半个小时内，排在我前面的人进去出来，有的变成雕塑，有的带着惊魂甫定的脸直接走出会议室，那就是过关了。

很快便轮到我。帘子撩开来，一个警察假笑着朝我热情地招手。

林光鲜拍了拍我的肩膀，叫我保重。我咽了咽口水，一脚迈进了帘子。

我刚刚在椅子上坐定，桌子对面的人便例行公事般向我解释起来。“新图灵测试的原理非常简单。它依据一代栈灵机器时期因技术受限而导致它们在物理层面上普遍留存的一个 bug——死循环——而设计。

它的测试方法也很简单。看到你面前这一个空水杯了吗？我现在要求你拿着杯子去饮水机那里把它接满，然后放回桌子。最终，我要看到满满一杯水出现在我面前。你能够理解我的要求吗？”

“就这么简单？”我虽然不解，但还是点点头。

他下巴一扬。

我在饮水机接了一满杯水。

端着它慢慢走向桌子的过程中，我才理解了这个测试的原理所在。这只杯子的底是漏的，饮水机和桌子之间的距离也是算好了的，等我把它放回桌子时，基本上它已经漏光了，又变成一只空杯子。

我猜，如果是一代机器人，因为那个物理层面 bug 的存在，这个时候看到杯子又空了，他们的身体会不由自主地重新拿起杯子去接水，再漏光，再接水，由此陷入没有尽头的逻辑死循环中去。

可我不是栈灵，我把空杯子放在他面前说："节约用水。"

他笑了笑说："你可以走了。"

我站在会议室外面等着林光鲜。令我始料不及的是，透过玻璃墙以及警察们的肩膀，我看见他被押解着坐到那排机器人旁边。

那个女警察从脚边的纸箱里掏出来一串廉价塑料包装的黑色物件，她就像是在超市买袋装奶茶一样从底端撕下一个，然后拆了订书针，掀开塑料盒，就拿出来一个 5 号电池大小的金属罐子。她抽走林光鲜刚签完名的一张合同，熟稔地把罐子竖立着放在刚才签合同的桌子上。

林光鲜的脸有些错愕，他不知道，他说的那些不知道自己变成机器人的人里面，就有他一个。他扭头往办公室外茫然搜寻着什么，忽然"咚"的一声，像敲开一个核桃，林光鲜的头就被女警察摁在了桌子上，再抬起来时，我发现那个罐子已经嵌进了他的额头正中。

女警察抠出罐子丢进纸盒，那里面已经装进了林光鲜的灵魂——一块 DNA 芯片。就这样，一具一米八的身体替换成了一个十厘米高的小黑罐，为这个地球节省了大约一立方米的空间。

## 3

早上上班的时候什么预兆都没有，在我回家的时候，“图灵小组进小区”的洗脑标语已经刷满了城市里的每一块屏幕——“不要贪恋生命的长久”“只有思想才值得永恒存在”“让亲人们怀念你好过让他们为你支付维修费。”我想，这些标语没有一个不是针对穷苦族群的。

我终于意识到了事情的严重性和紧迫性。我得抓紧时间回家，赶在图灵小组之前好好地为李小赞想一个通过新图灵测试的方法。为了把意外死去的她更换成一代栈灵已经花去了我所有的积蓄，我不认为自己有能力通过合法手段帮助她渡过这一劫。

李小赞一边做着晚饭，一边用她惯常的冷淡语调向我讲述邻居家小孩已经变成黑罐子的事。她说，没有了栈灵机器人提供的各种器官感受装置，那小孩就没办法从外面的世界获取新的讯息，新的体验，因而便停止成长了。他就像一个灵魂的标本，唯一的用途是供他的家人自我安慰，或者说帮他们降低失去一个亲人所带来的痛苦。所以说，那黑罐子还像一副药。

“如果变成一罐安慰剂的话，这样活着比当初死了要屈辱得多呢……”李小赞把汤端到我跟前，眼睛里满是忧郁和愤懑。

“我不会让你变成罐子的。”我拉住她的手，“我知道他们的题面，而且，我也有了答案。要相信我好吗？”

她没有回答好，也没有回答不好，只是把脸偏向窗外，看着近在咫尺的月亮被黑云全部遮住。静静地听着我自顾自念叨起的，那个我思忖研究了几天的，欺骗图灵小组的方法。

接到图灵小组测验通知单的那天，我全天请假在家陪着李小赞。

他们的测验工作就在我跟李小赞平常吃饭的桌子上进行。一只一次性的纸杯静静地放在吊灯下，李小赞看看杯子看看我，我看看她，看看她对面那个长着一双鹰眼，看起来极不好对付的警察。

“开始吧。”鹰眼命令李小赞。

李小赞端起杯子拉开冰箱拧开矿泉水，水流如柱注满纸杯，李小赞又往回走，一路上，水又从纸杯底下一个鹰眼刚刚用手指抠出来的洞里汩汩漏出，等她坐回桌子，纸子就空了，一如她去接水之前。

李小赞又看看空杯子看看我，鹰眼看看空杯子看看李小赞看看我。此时此刻，李小赞暂且还没有下一步的动作，但鹰眼的嘴角提前上扬了。果然，按照这个测试中最坏的表现，李小赞再一次端起杯子，拉开冰箱，拿起那瓶矿泉水。

鹰眼向我投来一个遗憾的眼神，紧接着授意四个警察上前，两个用来押住李小赞，两个用来押住我。警察的手搭上肩头，我挣扎着站起身，等待李小赞在另外两个警察诧异的眼神中端起漏了一半的水杯走到桌边。

某个代表命运扭转的声音从我大脑里发出。

一杯水便泼向了鹰眼。

只见李小赞倒扣着杯子，对满头湿漉一脸错愕的鹰眼说：“哈哈，不跟你闹了，挺浪费水的。”

接下来，李小赞按照在这个测试中一具一代栈灵机器人可能带来的最好表现，完全偏离了死循环的设定，开始冲去厕所拿拖把来打扫那一地的水渍。她故意把拖把往鹰眼和那几个警察的脚上蹭，憋了一嘴的笑。

我抽了几张纸递给鹰眼说："不送。"

鹰眼的车如麻雀般腾地升起在半空。我站在窗边，目送那车灰溜溜地消失在楼群间。我长长地松了口气。这时，李小赞才从循环的一个支路中回到了主循环中，她放下拖把，重新拿起杯子打开冰箱，接了满杯水，回到桌边把杯子放在吊灯下，杯子又空空如也。

我趁她再次动身去接水之前，趁她把半杯水泼到我脸上之前，帮她重启了。

之前，我告诉过李小赞，我会偷偷在冰箱里那瓶矿泉水上画一条刻度。水位下降至那个刻度的时候，便是激发新任务的时刻，新任务要求她向桌子对面的人泼水，然后拖地，然后憋一嘴的笑，完成这些个动作之后，才能继续原来的任务。

实际上，李小赞依旧处于新图灵测试的循环中，只不过，我把这个循环的圈子划大了一些，让她在逻辑中的行为更丰富也更错乱了一些。如果鹰眼他们稍微有点耐心，只消等个几分钟，他们还是会看到李小赞回到最初的逻辑中来，回到他们想要的结果中来。

但我知道，他们这种人对我们这种人向来是没有耐性的。

我紧紧抱住李小赞："李小赞，你看，我再一次让你活下来了，你以后再也不要不相信我了。"

"侥幸而已啦。"李小赞对刚才的惊险没有半点体会。

李小赞就是这样一个铁齿的人，我早就习惯了。有时候，正是她的倔强和悲观，在激励我努力工作、努力生活，那样才能向她证明我并不是她之前认为的那么下作，我们的未来并不如她所想的那样灰暗。

二话没说，我亲了李小赞一口，正当我要把她抱上床的时候，冷不防，门被鹰眼一脚踹开了。

“你们这种人的把戏，骗得了我一次，骗不了第二次。”他说，“你以为就你想过这个办法吗？上一个用这种办法来糊弄我的人，早已经判了完完全全的死刑，大脑数据清零，芯片被一把火烧掉了，只剩下毫无用处的肉体，估计现在已经变成农场肥料池里的一团蛋白质了！”

鹰眼一甩手，几片金属在他手背滑出，在手中组合成了一把手枪模样的武器。我赶紧把被子甩过去罩住他，挡住了喷薄而来的枪火。

不管三七二十一，我抱着李小赞撞破窗户跳下了楼。我们跌向楼下菜市场的塑料顶棚，掉在一堆腐烂的白菜上。

李小赞的手摔断了一截，掉落在市场外。我正扑过去要捡，被鹰眼的子弹逼了回来。我们只好放弃那只蠕动着的机械手，转头从市场的后门逃掉了。

## 4

接下来的一个月，地面上到处飞满了我和李小赞的搜捕令。搜捕我们的警察铺天盖地，连没牙老太太的浴室都要闯进去搜查一番。

我带着李小赞躲在地下。不见天日的滋味确实难受，但更难受的是面对失去了一只手的李小赞。

她现在，整体处于一种生与死的模糊地带，她头脑清醒毫无痛觉，一切跟正常人一样，但那个泛着金属冷光的手臂断口时刻提醒着人们她是“死”过一次的人。她现在要上到地面回归到正常生活，除了更新到二代栈灵机器人，没有其他办法。

我是个戴罪之身，账户被查封，即便不被封，那里面全部的钱加起来也只够二代的一个脚趾头而已。

挠头搔耳纠结了好几天，度过好几个痛苦的夜晚，我做了最后的决定。

我选了一个漆黑的夜晚，偷偷潜入了富人区，在一个公园找了戚蕊。我见到她的时候，她的身后跟着几个俊男美女，我知道他们不会有任何反应，更不会报警，除了凑到我跟前上上下下地嗅闻。

他们是狗，确切地说，他们都是戚蕊家养的宠物狗。戚蕊实在是太宠爱他们，于是便花了点钱把他们的狗脑子放到了机器人身上，最近刚刚帮他们更新到第二代。

许久不见，戚蕊有些尴尬，但还是挺仗义的，没有跟我寒暄一句，直接叫我选一个带走。

我选了在容貌上最接近李小赞的那个女机器人，我记得她叫妞妞，之前应该是一只母贵宾。

我花了好长时间说服李小赞换上了新的身体。这还是在瞒着她这具身体原本的身份，以及它主人名字的情况下完成的。

很快，地面上的通缉令就换上了新的头像，各地涌现出不少像我这样铤而走险的人，要感谢他们帮我和李小赞转移视线。

在地下生活了两个多月之后，在李小赞终于摸清楚二代栈灵的性能之后，她主动亲了我一口说：“我们上去吧。”

我当下有些受宠若惊，自从她在两年前因为意外死去，我通过栈灵让她复活之后，她就再也没有这么主动亲过我。事实上，那段时间，我发现她对于自己的复活有着百般的不愿意，似乎是不太能接受自己的机器身体，常有自残倾向。当然，相比二代，原本的一代现在看来确实有些粗制滥造，有些时候连我都看不过去。所以当初我向栈灵公司申请，帮她进行了微调，在生化大脑中减去了某些会导致抑郁的反应区。从那以后，她倒是安定了下来，只不过就一直那么冷淡。

我们偷偷摸摸往家走，乘上高升的云梯，霓虹灯在我们面前飞速下蹿。

一路上，李小赞都显得特别开心，不断拉过我的手去抚摸她新的身体，多好，多好，一切都是新的。我们俩像是初恋时第一次来到这个城市一样，一路上盯着对方的脸傻笑。

看着她的笑容，我觉得，更新到二代，即便借用的是一只狗的身体，也值了。

此时的云梯越升越高，月亮如巨大的银帆从黑云中驶出来，在我们面前昭示出美好的未来。

李小赞倚在云梯的围栏上，忽然看着那月亮问道："你还记得我是怎么死的吗？"

我洋溢着幸福的脸一下子变得惊恐起来："我……我……"

李小赞自顾自地接着说："你给我换的这具新身体好好啊，不像原来的，还没有被你改动过，让我可以做一些自己真正想做的事。"

没等我说完，李小赞一下子越过栏杆，朝脚下的万丈深渊坠去。她的身体撞碎一路的弥红灯，在空中拽出一条电光四溅的赤色火焰。

我记得，李小赞是因为我跟戚蕊的关系而自杀的，而她又是因为我的内疚而被我复活的，我对不起她，我希望她活着。

可她认为，生命没必要永恒的原因，还有一条，它的猝然而逝可以用来惩罚别人，特别是那些对自己有愧，想要努力偿还的人。

看着底下一团电子之雾腾然而起，我想，她终于如愿了。

# 鬼面试

## 1

因为国内影视行业的突发性增长，特别是网络微电影的红火，编剧人才渐渐走俏。曼丽所在的编剧公司遭遇到用工荒，经理已经向人事部下达了月底前的招人指标，而曼丽这还有不少缺口，终日等着新简历投递上来已是无济，于是她翻看着邮箱里的许多旧简历，向这些望眼欲穿的求职者一一回复迟到许久的面试电话。

当打到最后一个电话，曼丽听到电话那端传来奇怪的咕噜咕噜声，仿佛对方正大口大口咽着矿泉水："咕噜……我等你们的电话很久了……咕噜……我擅长的是恐怖题材，也就是说擅长吓人……咕噜……我叫吴凯。"虽然感觉有些奇怪，但曼丽还是与他敲定了面试日期。

那天晚上回到家，盯着电脑屏幕上的一则新闻，这时曼丽才知道这种奇怪感觉来自何处，新闻上说："今天下午十四时，中心公园的月牙湖中忽然浮出一具男士，据警方称，该男子于多日前跳湖自杀，不知道为什么直到今天尸体才浮上岸。"新闻旁边配了一张照片，是一个戴眼镜穿西装的白皙男人，曼丽不禁捂住嘴巴，这个人与今天最后通知面试的那个人，长得一模一样。

惶惶中，约定面试的那天到了，曼丽决定躲在家里不去上班，她害怕一只鬼来找自己面谈。家里的窗帘遮得严严实实，她窝在电脑前看着一部又一部喜剧片。她安慰着自己：只要熬过这一天，也许就没有事了。电影放完，曼丽正准备点击 Esc 键退出全屏，但那个按钮被什么东西卡住了，她敲了几个其他的键也是如此。"刚刚还好好的……"似乎按键底下有些脏东西，她把键盘翻过来拍了几下，从键盘缝里掉出来的东西出乎意料的多，窸窸窣窣落在桌上。她放回键盘定睛一看，竟然是满桌子的指甲。

她吓得躲到了床上，感觉吴凯已来到身边，一直不敢睡觉，却一夜安好。第二天，她在"太阳晒屁股啦，懒猪快起床"的手机闹钟声中醒来，计算机前的指甲都消失了，曼丽松了一口气。接下来几日，她恢复上班，渡过人生一大劫，一切豁然开朗，每天被闹钟催醒的日子无比美好，本以为事情就这样过去……有一天，她打算换一首闹铃音乐时，发现自己的手机中根本不存在"懒猪起床"这首歌！那在之前，难道是吴凯在她耳边发出那样的声音叫自己起床吗？

原来他还没有走。

## 2

当天，曼丽便从庙里请了十二尊佛回家，佛光满室，这下他应该就待不下去了吧。她回忆起公司招聘之要求中提到：1. 创意与创作能力；2. 纪律；3. 抗压力。对比吴凯简历所诉：“1. 我喜欢熬夜在计算机前撰写小说与剧本，几十篇下来，指甲都快磨掉。2. 虽然原先的公司距住处将近两小时地铁，也没有缺勤记录，闹钟每日六点便响起。3. 有一颗倔强的心，若骂得在理，非常能坦然接受并改正，还在心里更敬重骂人者三分。”这一切是否是他在向曼丽证明自己的能力？此次，曼丽请来十二尊佛，不正是要向吴凯施压吗？只是，他将如何证明自己承受压力的能力呢？曼丽重新端详起那些佛像，开始觉得有些异样，可是也无法说明，终于，当她把十二尊佛转运到卧室时，发现……竟然多出来一尊。曼丽明白了，连佛都可调戏，他还有什么压力不能承受呢。

天色渐暗，曼丽一个人坐在客厅的沙发上，她在等待着什么，终于，吴凯从客厅黑暗的一角现身。

“不知我是否符合贵公司的要求。”他态度很好。

曼丽平复下心情：“如你所说，你很擅长吓人。”

“其实，作为一个恐怖题材的创作者，我在下面有非常多的生活体验，我想，这一点，上面的求职者都是没有我强的。”

“是倒是的，只是我们公司没有招鬼入职的先例，你看，连五险一金都不能给你上呢。”

“这么说你是愿意让我进贵公司了？”

“如果你是人的话，我当然愿意。”

听到这句话，吴凯如释重负地把自己脸上化的白粉抹掉，跟曼丽握了握手，为了这次面试，他不仅精心布置了闹鬼，还拜托黑客朋友入侵了曼丽的电脑。现在看来，这一切都是值得的。

# 记一个未发生的爱情故事

## 1

晚春了，遥远的鄂尔多斯高原腹地里，库布齐沙漠终于闹起了沙尘暴。厚重的沙幔辗转万里越过防护林进入城市，灌入CBD大厦间的道路，一路缩减身形，最后化作一阵灰尘小风吹在一群下班的白领脸上。

路人纷纷扶额、偏头、捂鼻。

此时的李小赞正在追赶疾驰而来的312路公交车，她躲避不及也无暇躲避，迎面撞上了那一捧看不见的沙子。她虽然戴了厚厚的近视眼镜，却还是迷了眼。只感觉眼角一阵刺痛，李小赞脚下不稳，一个趔趄就把眼镜给甩在了路上。

李小赞是个整八百度的睁眼瞎，两米开外的眼镜在她眼里就是一团毛茸茸的色块。她把眼睛眯成一条缝，蹲下身子去摸索，就像是操作一台一百平米的夹娃娃机，要从里面夹出一只蚂蚁一样艰难。

她已经顾不得形象了，几乎整个身子趴在了地上。拨拉开一丛急匆匆的小腿，那团色块终于明晰起来。李小赞赶紧伸出手去，无奈一个同样赶公交的大妈奔驰而过，一脚墩在眼镜上，李小赞便听见了整个世界崩裂的声音。

此时此刻，李小赞离家整整 64.5 公里。

公交车一趟趟呼啸着开过去，好不容易摸到栏杆边站着的李小赞尝试过瞪大眼睛，尝试过闭一只眼眯一只眼，尝试过拿手指把自己的眼角往太阳穴拉，却仍然分辨不清哪怕半个车号。

李小赞从小成绩优秀，酷爱解题，唯有眼科医生让她辨认 E 的方向这道题让她恐惧。而这些公交比眼科医生可恨多了，眼科医生最多拿着指示棒指一指挂在墙上的测试牌问她 E 朝哪个方向，而公交车却是举着几个红色的数字让她猜大小，TM 还是高速移动中。李小赞心里千万辆火车鸣笛开过，但嘴上却没有吐出半个脏字。她常常苦恼自己是一个内向的孬货，在家里六亲不认疯癫不堪，一到外面却胆小得像一棵盆栽，看人从来不敢看眼睛，一旦对上眼，脸立马就红得冒蒸气。

让她舔着脸皮求一个路人帮她看车牌？杀了她吧！

可天色却从不看人的脸色，渐渐暗下来，李小赞也渐渐意识到，如果再这么下去，她极有可能成为中国新闻史上第一个因为近视而冻死在街头的时代女性。

尝试着，哆嗦着，李小赞终于抬起手指，往旁边站着的一个感觉起来还算友善的人的腰间戳了戳。

“那个……你好啊，不好意思，可以请你帮……帮个忙吗？”

陌生人扭过身子，一阵塑料袋摩擦的响动之后，传来了他的声音。

“啊……可……可以啊，你怎么了？”

李小赞松了口气，这人的嗓音听起来很年轻、和气，甚至比她还紧张，应该不是粘上就甩不掉，硬要在你这儿占点儿便宜的那种中年大叔。

“那个是这样……我眼镜不小心摔碎了，看不清车号，能麻烦你等下312来的时候，提醒我一下。”

高高的年轻人愣了愣，似乎是仔细看了看李小赞的眼睛，然后考虑了一下，紧张得假咳了一声。

“咳，可以啊，不麻烦不麻烦，我也是等312。”

“哦，那谢谢了。”

“没事……”

完成了最言简意赅的沟通，接下来，两个人都没话说了，只能尴尬地站着。年轻人安静地等在那里，再没有发出任何声音，李小赞一度怀疑他是不是觉得事情滑稽偷偷走了，还扭过头来确认了一眼。她看到一团淡蓝色的模糊影子默默站在那里，这才安心地扭回去。

应该是个帅哥吧……李小赞不禁偷偷地幻想着。当然，她是万万不敢凑近去验证的，照她的度数，要看清楚他的脸非得鼻尖挨鼻尖不可。

就这样几分钟过去，李小赞忽然听见了年轻人轻声地提醒：“车来了。”

“哦哦。”

## 2

一辆车突破迷雾停在两人眼前，车门哗啦一声咧向两边，李小赞哦哦着朝那团巨大的闪着灯的影子走去，脚下忽然一矮，没有注意到马路牙子。就在她身子歪下去的瞬间，身后的年轻人搂住了她的胳膊。然后她就在迷糊中像行李一样被年轻人提上了车，并且被他塞在了某一个座位上。

他的嗓音听起来弱弱的，没想到力气那么大。

李小赞惊讶之余，赶紧说了声谢谢，还爬起来想要让座。

年轻人只是礼貌地回了不客气，硬摁着她的肩膀不让起身。

一路上，没有座位的年轻人一手拉着拉环，一手提着塑料袋，就那么静静地站在李小赞旁边。李小赞低下头，可以看清楚他垂在大腿边，紧紧攥着塑料袋的手。纤长、干净，却散发出冰冷的质感。

“这个人怎么比我还闷呢……”李小赞忍不住在心里抱怨着。也许是获得了安全感之后，寂寞女孩的小情愫作祟，李小赞忽然有一种想要认识这个人的强烈冲动。她特别想打破两人之间的沉默，却不知道该怎么开口。随着公交车的摇晃，年轻人的塑料袋总是不可避免地一下下撞在李小赞的塑料座位上。袋子里面应该装了一些瓶瓶罐罐的东西，碰撞之后发出框框当当的声音。似乎在给他们俩的沉默记时。

“挺重的吧？我帮你拿一会儿吧？放我腿上。”李小赞终于打破沉默，扯了扯他的塑料袋。

“啊，不用了，超市买的啤酒，刚从冰柜里拿出来的，放腿上挺冰的。”

“哦……你喜欢喝酒？”

“还好吧，稍微喝一点。等下去朋友家聚会，让带的。”

“哦……这样，聚会应该挺好玩的吧，我都好久没跟朋友们聚过会了。”

“哦……”

然后又是一阵沉默。

“这个呆子！”李小赞郁闷得快把自己的大腿掐青了。但碰着这样一个闷葫芦，她也只能再接再厉。

“你朋友也住通州吗？”

“没有，住传媒大学那里。”

“啊？刚刚不是已经过了传媒大学吗？”

“那个……”年轻人局促不安地换了个站姿，有些害羞地说，“我觉得……还是送你到家吧。”

还是个大暖男，李小赞愣了下，实实在在被暖到了。

他却误会了李小赞的反应，连忙解释：“我不是坏人，你要是觉得不安全的话，我就送你到小区保安那里就好。”

“可以啊。”李小赞情不自禁地笑了笑，“不会耽误你聚会吧？”

“不会。”

对话再次无以为续，他是个话题终结者。不过好在他们俩的关系从陌生开始有一些实质性的进展。随着他的印象在李小赞的脑海里逐渐清晰，李小赞对他的好感越来越强烈。而且，他好像对李小赞也不讨厌。排除一个三好青年来自本能的善良之外，他愿意送自己回家，其中是不是也有对自己抱有好感的成分？

热情洋溢的站名声一次次报过来，李小赞觉得有必要在最终到站之前，采取主动。

“给你讲个故事吧。”李小赞忽然说。

“什么？”他一下子没有反应过来。

“好无聊，给你讲个故事。”

“哦，好啊。”为了听清楚李小赞的话，他在拉着拉环的同时努力俯下身子垂下头。凑近了一些，可以看清楚他的下巴了。

有些略略长起来的青色胡渣，还有条性感深邃的美人沟。李小赞很满意。

窗外，一盏盏路灯漂移而过。昏黄高昂的灯光在李小赞眼里变成了一团团从天际垂下的毛茸茸的线球，满世界都打上了高斯模糊，好像走进了梵·高的世界，异常漂亮。再也不觉近视是一种令人烦恼的疾病。

我呢，有一个同学，男的，至今没谈过恋爱，因为他始终对一个女生念念不忘。

他第一次见到那个女生是在高考的考场里。

那会儿，每个考场的学生都来自不同的学校，彼此之间根本没什么交集和前缘，大家也都紧张考试的事情，这会儿更没有时间想些别的。可那个女生就坐在我同学旁边，他看见她一紧张的时候就喜欢捏自己的脸，很可爱，当时就喜欢上了，居然就成了他一见钟情的单相思恋人，还好死不死（台语中的俗语，意为“刚刚好”或者“没想到竟然”）发生在高考考场里。

不能多看，监考老师和摄像头盯着呢，不然会被当成作弊抓起来。我同学也提醒自己，千万不能分心，有什么事情等考试结束再说。即便他这么告诫着自己，可还是没办法控制迅猛的爱情。考语文写作文，他甚至忍不住冒着离题的危险构思了一个他和那个女孩之间的爱情故事。他知道自己的语文考砸了，于是便恨自己，恨这个一见钟情，有些赌气。在下一场考试的时候，在心里把女孩往学业的竞争者以及红颜祸水的形象上拉，慢慢把萌动的情愫压了下去，直到高考结束。

回到家，高考压力卸下的那一刻，对女孩的喜爱之情如硬压在水底的浮球一般立马又冒出头来。他后悔，想要立刻见到她，告诉她自己有多么喜欢她，不想错过她。可是没有名字，不知道学校，甚至只凭借匆匆一瞥的一个侧脸，能去哪里找呢？

他只能等到晚上，翻围墙回到考场，希望寻找到她贴在桌子上的那枚准考证。

可桌子上空空如也，准考证在考试结束之后就被学校清理走了。无奈之下，他在垃圾站里翻了一宿，从堆成山一样的、一袋一袋、几万张纸条里寻找最独特的那一张。

当然没有找到，他一直后悔到现在。

听完这个来得突然的故事，年轻人看了一眼李小赞：“挺可惜的。”

李小赞回了一眼年轻人：“所以说啊，有些事情想做就得去做，到后来再后悔也是百搭。”

“是啊……”

公交车急停下来，到了李小赞要下的站。

走在路灯稀疏的路上，前面不远就是小区大门。也不知道他搞没搞明白她讲这个故事的用意。李小赞期待着年轻人突然抓住她，找她要个电话，索个吻或者做出其他任何有所表示的动作，可是都没有。

眼前迷蒙一片，她走在一条未知的路上。

虽然李小赞想要更多时间来等待某个剧情的发展，但默默地，终究是走到了终点。两个人停了下来。再也没有理由给他时间了，李小赞心头凉了半截。

年轻人扭捏地说："到这里就安全了，你能自己回家了吧？"李小赞努力辨认年轻人的面孔，却怎么也看不清，他要么没懂，要么对自己没兴趣，假装不懂。

李小赞只好偷偷叹了口气，点点头说："嗯。"

年轻人犹豫了一会儿，终于转身离开了。

看着他变得越来越模糊的身影，李小赞忽然一个冲动，大喊一声："喂！"她垂死挣扎，万一他真的只是害羞呢，这是最后一搏："送我这么远，你的啤酒会不会凉了？"

年轻人停下脚步往塑料袋里摸了摸。

"是有点儿。"

"你朋友那有没有冰箱？"

"不知道啊，第一次去。"

"那要不要去我家冰一会儿？"

年轻人几乎脱口而出："可以的。"

李小赞笑起来，她感觉年轻人也咧开了嘴，他似乎要行动了。

冰箱制冷声嗡嗡作响，几瓶啤酒安静地躺在冷冻仓里，慢慢地结起冰霜。

年轻人坐在沙发上看着电视，茶几上放着隐形眼镜盒、护理液、餐巾纸等戴隐形眼镜用的工具。可李小赞依旧眯着一双眼睛。在喜欢的人面前撑开眼皮，张牙舞爪地往里面塞镜片，这形象实在是丢人。她觉得还是等他走了再去戴。

李小赞盘算着啤酒应该是快冰好了，可他应该说的话还没听到半句。是不是该给他一点儿压力？李小赞跑去厨房，打开冰箱假模假式地查看了一下啤酒，大声说："好了哦！"

年轻人从客厅发出急促的回答："哦！"然后便也跑了过来，拿出塑料袋把啤酒重新装上。

"谢了啊。"他提起袋子说。

李小赞待在原地。他到底是几个意思？这是要直接走掉的？李小赞不堪细想，无奈地回了句："不用不用。"

"那我走了。"

"嗯。"

听见清晰的关门声，李小赞失望地回到沙发上，愣了半晌。"什么意思嘛！？应该是看上老娘了吧？老娘的感觉应该没错吧？故事也讲了，那还跟傻子一样，什么也不说？要说没感觉，又愿意跟着回家！？错过了就没有了哦！！！"

李小赞生着闷气，终于开始戴起隐形眼镜。

她拧开隐形眼镜盒，用餐巾纸擦掉抖落在茶几上的护理液，然后用镊子镊住镜片，放在无名指的指肚上，撑开眼皮，贴在瞳孔上，顺手把餐巾纸扔了。

她眨眨眼，世界清晰了。

她跑到阳台，还能看见小区门口他小小的背影，她多么希望他能回过头来看一眼，她多么希望他是个丑八怪，这样，她还不至于为自己的一厢情愿感到可笑和惋惜。

“我还不至于那么差吧……”

李小赞有些失落地看着落地镜里的自己。

她没有注意到，那团擦茶几的餐巾纸掉在了垃圾桶深处，上面有一行慢慢晕开的墨迹。那是年轻人终于鼓起勇气，趁李小赞去厨房的间隙偷偷写上去的电话号码……

总之，这是一个未完成的爱情故事。

# 初吻之夜

## 1

时间是在 2006 年，高二，秋，某个没有任何特殊意义的周末晚上。

李小赞和林泽明赶完当天的课后作业，各自窝在家里看《情深深雨蒙蒙》的重播。正演到第十五集，依萍和书桓在林子里磨叽半天，吐干净嘴里的台词之后终于接吻。李小赞嚼着瓜子瞪大眼睛，双腿大开，睡裙褪到了腰部，在那咯咯地笑，被她妈一巴掌拍在脑门上："是不是傻？"她赶紧缩回淑女形态，把刚刚脑子里冒出来的各种 YY 泡沫一个个戳破。

这个时候，不小心被李小赞坐在屁股底下的手机震了一下。

城市里，相隔十多个街区的另一个角落。林泽明把裤子拉下来做未雨绸缪的掩护，躲在马桶上发短信，他说：“在看《情深深雨蒙蒙》吗？依萍和书桓那什么了……”

李小赞瞅了她妈一眼，偷偷回了个矜持的“嗯，好像是……”。

等到李小赞的回答，林泽明迅速握着手机打了一串字符，还没等发出去，脸就红透了。

林泽明说：“那个……我们俩……是不是也到时候了……”

咔嚓一声，妈妈把一颗瓜子嗑出了惊人的响声。李小赞脑袋有些发木：“不知道……”她想了想，又补了一句，“反正李雅然说她跟张二冬那个过，他俩儿认识比咱们俩儿还晚呢。”

“是嘛……要不，现在？”

“现在？干吗？”

“那个……你想吗？”

李小赞抓紧手机：“……你想我就想。”

林泽民紧张得腿快要抽筋：“那我们去公园。”

李小赞瞅了一眼正在啃西瓜皮的妈妈。

“好……”

花了半个小时，李小赞成功引诱她妈同意买几根鸭脖子来消夜，由此获得了出门的机会。但鸭脖店不过就在几条街之外，靴子围巾包裹得太严密，太正式，明显一副要出远门的样子，难免引起妈妈的怀疑。所以在深秋的晚上，李小赞只是披了一件外套就出了门……

李小赞和林泽民第一次相遇，是在高一的某个快要迟到的早上。

那天，李小赞提溜着两个肉包，踩着自行车匆匆赶到校门口。正在做值日的林泽明像个交警似的一抬胸一招手把她拦了下来，冷着脸示意她把校牌挂上。早上急得差点没披着被子就出门，哪有时间管校牌的事。李小赞气呼呼地在书包里捣腾了半天，终于在袋子底下翻到了沾满饼干屑的校牌。她手忙脚乱地佩戴在胸前，正准备亮给林泽民看，却发现他从地上捡起来一片粉色的东西，一脸好奇地左看右看。

天啦！这个神经病，那是李小赞的七度空间！

“同学，这是什么啊！？刚刚从你书包里掉出来的。”林泽民瞪着一双求知若渴的眼睛问李小赞。

旁边路过的男女同学有的张大了嘴，有的默默举起了手机。李小赞忙不迭地跨上自行车，冲他大喊：“神经病啊！不是我的！不要问我！”

林泽民茫然地举着那片卫生巾要走近，李小赞尖叫一声烟似的溜了。

本以为这件尴尬的事情就这样不尴不尬地过去了，可李小赞低估了林泽民作为一个学生会成员的主观能动性。

那天上午，在眼保健操前的广播时间，李小赞听见头顶上的喇叭里传来林泽民浑厚的声音：“老师同学们请注意，老师同学们请注意，今天早上，我校值日生在校门口捡到粉色物体一片，请那位身材娇小齐肩短发的失主速来学生会办公室领取！”

天啦！这个神经病！因为这件事，李小赞足足被班里同学笑话了一个星期，科任老师们都是憋着笑来上课的，他们那一句威严的“同学们好”也都带着颤音。

为了报仇，李小赞打听了一圈这个林泽民。从他死党嘴里，她得到一个重要信息：这个林泽民之所以不知道卫生巾乃何物，是因为他本身就是一个性知识一片空白的书呆子。

于是，李小赞收买了林泽民的死党，叫他向林泽民散布关于卫生巾的错误知识，就说卫生巾是青春期少男少女都需要使用的东西，不经常使用的话对发育有影响。一定要问林泽民他有没有用，得到否定回答，就装作一副看见怪物的模样，语重心长地劝他去买。

李小赞塞给那个男生一片卫生巾，不顾他惊骇的表情说，如果他不相信，你提前用上，证明给他看。

果然，在那之后的一天，李小赞在学校超市的卫生用品区看见了正在跟售货员描述男用卫生巾的林泽民。他死活要买，售货阿姨就把他学号记了下来，汇报给了他班主任。后来听说他们班为此特别开了一节生理卫生课，以林泽民为反面教材……

快立冬了，李小赞从人民公园站下了车，立马被迎面刮来的冷风吹得打了个哆嗦。

搓了搓手臂上的鸡皮疙瘩，一抬头就看见高高瘦瘦的林泽民站在路灯下，李小赞扑哧一声笑了。林泽民也只是在睡衣外面加了一件大衣，汲着一双巨老气的毛拖鞋就出了门。他手中提溜一个 7-11 的塑料袋，怀里抱着一条中华烟，看来是借口帮他爸买烟才被放出来的。

刚才在电话里一个个摩拳擦掌的，真见了面，两个人却都有些扭捏起来。林泽民松开手中在等李小赞的时候拧了好多圈的塑料袋，那袋子立刻旋转起来。他僵硬着一张脸，不自然地朝她呵呵几声："今天好冷啊。"

林泽民记得，他跟李小赞经过卫生巾一役打了平手之后，就井水不犯河水，再也没碰过面。直等到高二开学，文理分班，他才发现自己和李小赞被分到了同一个文科班。

当时他只觉得那是上天让他与仇人一决胜负而做出的某种命运安排，根本没想到那其实是李小赞和他终究会有一吻的某种缘分注定。

仇人相见，不知道李小赞密谋什么打算，总之，林泽民决定先下手为强，很快实施了自己新一轮的复仇计划。

当李小赞看到学校走廊两边墙上挂着的名人名言上，恩格斯、马克思、爱因斯坦还有李时珍的脸全变成了素描的她的脸时，她脸上那种吃了大便一样的狰狞表情，很让林泽民满意。

不过李小赞没让他满意多久。当林泽民刚刚沉浸在欣赏李小赞窘态的欢乐中时，便发现自己一直在听的 walkman 里冒起一阵白烟，吓得他一下子蹦了起来，赶紧打开来取出磁带一看，不知道谁趁他不注意，往磁带的孔里倒了好多粉笔灰。

李小赞下手并不比他慢。

隔着一教室喧闹的同学，林泽民奋力瞪着李小赞，李小赞也昂起脖子远瞪他。

从那之后，他们俩总是时刻注意对方的动向，提防着，偷偷观察对方有什么新的动作。不知道的，还以为他们互相看对眼了。

就是在那段时间里，林泽民发现，李小赞在疯疯癫癫的表面之下，其实还有一颗安静温柔的心，只是没拿出来对他而已。比如，她会在上体育课的时候，趁别人都在拼羽毛球，偷偷跑到学校后面那棵大香樟树下看书，有时候看着看着睡着了，会在那里坐一整节课。死党过生日，她会把生日贺卡上那个一打开就会唱歌的那个纸机关撕下来，偷偷粘在死党文具盒的合页上，死党一揭开文具盒，就能听到嘀嘀嘀嘀生日歌奏起。

该死，林泽民无奈地想，她还蛮可爱的，再接着观察，就下不去手了。

那天，体育课之后紧接着是“冷面煞星”的地理课。上课铃响，林泽民眼看着李小赞拿着本书一路疯跑着最后一个坐到自己位置上，满头是汗，脸上还带着树皮的印记，一定是又靠在树上睡过头了。

“冷面煞星”习惯性地有点不爽，重重地把地理书拍在讲台上，说：“李小赞，你带着大家复习一下上节课的内容。”

李小赞偷偷吐了吐舌头，把桌面掀起来，一个红色的氢气球忽然从桌子里飘了出来，底下的绳子上栓了一张纸条，上写六个大字“冷面煞星傻逼”。

在寂静无声的教室里，这颗红气球的突然出现就像一颗空投而来的氢弹，瞬间引爆了所有人的情绪，同学们爆发出长久的起哄声，“冷面煞星”一边大吼一边冲过来把那气球拉下来，在脚下踩了半天，中间还摔了一跤，才把它踩爆。

这下，“冷面煞星”是真的生气了，他指着全班人问这是谁干的，包括林泽民在内，没有一个人敢吭声。最后，他对李小赞撂了一句，这件事跟你脱不了干系，你等着。就气急败坏地摔门而去。

虽然“冷面煞星”平常有事没事都会忽然炸起来，但从来没有人见过他真的不负责任，中途离开课堂。说到底，他也是个披着狼皮的老师。这回，看来是真的伤了他的心。

下课铃一响，李小赞就冲到林泽民的位置上，发现他早就溜了。她眼睛瞬间变得通红。什么人啊，敢做不敢当，是不是男人啊。

从那以后，林泽民发现李小赞再也没有正眼瞧过自己，他一直担心的来自她的报复反击，也一直没有发生……

## 2

几乎是用同样的姿势穿过了S型的自行车挡，林泽民和李小赞走进了人民公园。两人沿着那条种满香樟的大路游荡，路灯照见他们的影子，在沙石路上，终于慢慢地牵上了手。

在林泽民的预想中，他会拉着李小赞再走进去一些，到了没有汽车声干扰的某个僻静深处，找一个长椅坐下，然后跟她靠在一起，说一些无关紧要的话，就在这些话语中找一个恰到好处的间隙，迅速地吻下去。

李小赞未必不知道林泽民的预想，她甚至因为隐隐的期待而显得有些急迫，捏着林泽民的手，在这寒气逼人的夜里居然冒出了汗。

不一会儿，那个长椅按照预想恰当美好地出现了。可他们要的寂静却被一群画风相左的大叔们破坏殆尽。那是一群趁着入冬前，帮香樟树绑上稻草御寒的绿化工人。他们把装满稻草的车停在了树林边，地上放了好些啤酒瓶、烧烤之类的东西，一首刀郎的歌不知道从谁的手机里如毒气一般冒出来。

而那条长椅，被一个蒙脸打呼的大叔占领了。林泽民和李小赞几乎同时叹了口气，说，再往里走走吧。可是，往里又走了不短的一段，沿路每棵树下都蹲着一个正在忙碌的工人，他们一边拧着稻草一边不忘笑嘻嘻地打量这两个几乎只穿了睡衣的扭扭捏捏的年轻人。就这么，林泽民和李小赞深入再三，一走就走了半里路。

应该早就超过他们跟家里人约定的回家的时间，终于，来到一条已经完工的路段。

站在一棵被稻草绑得严严实实的香樟树下，他们俩冻得哆哆嗦嗦。

“冷吗？”林泽民担忧地看着嘴里呼出各种寒气的李小赞。

“冷啊。”李小赞向来是有什么说什么，不会客气的。

“那你等等。”

李小赞默默转过身去，凹出娇俏的背对着那位，以为林泽民要脱掉自己的衣服帮她盖上，或者干脆直接抱住她。可等了半天也没动静，只听见背后传来打火机引火的声音。她扭过头去，看见林泽民把地上的树叶归拢成了一堆，用刚从 7-11 买的餐巾纸引燃了。

他向来都是有事做事，不会多说什么的……

自从被“冷面煞星”“恐吓”过了之后，李小赞一直在等着属于自己的惩罚到来。有些紧张，同时也有些伤心，因为她意识到，那个在她之前的观察中，并不像一开始那副木头木脑的样子，而是会修自行车，会转笔，会把耍帅的时候不小心从单杠上掉下来的同学背去医院，仔细看起来还挺帅的林泽民，原来不是个孬种。

青春期的幻想破灭，比成年时任何一场灾难还要严重。

李小赞再也不想理他。

直到有一天，她因为准备期末汇演的舞蹈而在周末来到学校，在一丛正在被修剪的女贞树后发现了林泽民。原来，他那次一下课就嗖地不见，是跑去跟“冷面煞星”解释去了，他扛下了所有的责任，换来周末帮学校修绿植的处罚。

长柄剪刀在女贞树丛里上下翻飞，可以看得出来，林泽民使得还不是很熟练。细碎的绿叶落满了他的头发和肩膀，他不时停下来抹一把额头，挠一挠自己的手腕。李小赞站得远远的，却也看见了他手腕上被树枝拉出来的一道道红印。

该死，他怎么看起来挺 man 的。

或许是拜那把剪刀所赐吧，李小赞赶紧撇撇嘴，驱散脑海里莫名的幻想。

周一上学，李小赞从家里带了一瓶薄荷脑油和一支红霉素软膏啪啪丢到了林泽民桌子上，把正在睡觉的林泽民吓了一跳。李小赞站在那儿，也不说话。林泽民抓起两个东西眯起眼睛端详了一遍，有些受宠若惊："给我用的啊？"

李小赞温温吞吞，终究没有说什么。

看李小赞还是神神秘秘的，林泽民就有些忐忑起来。"说话啊。"他开地雷似的小心翼翼地拧开薄荷脑油的瓶盖，撇开老远闻了闻，一脸嫌弃，"别又是整我的吧。"

"爱用不用！"听到林泽民对自己的怀疑，不知怎么的，李小赞忽然非常生气，唰唰又把薄荷脑油还有软膏从林泽民手里抢了回来，直接走到教授后面扔进了垃圾桶里。

"毛病吧……"林泽民看着李小赞气呼呼的背影嘟囔着。

对于青春期女孩这些个奇诡的行为，特别是像李小赞这样多端的，他向来摸不着头脑。

其实李小赞对自己的行为更为不解。那天晚上她躺在床上辗转反侧，想起白天的一幕一幕，又想起自己这段时间以来偷偷做的事情，特意爬起来，对着镜子骂了自己好几遍。

就这么，两个人自我疑惑、自我怀疑着，每次再碰面，都夹着一些尴尬和生分，总感觉有话可说，却没劲儿提起来，然后就到了家长会。

每次家长会来临的前一天，放了学，必定有很多同学赖着不走，一个个神神秘秘地在自己桌子跟前上上下下地忙活。之前，李小赞从来不懂得他们在忙活什么，直到她自己掀开桌面，发现了那天心血来潮，看着林泽民的背影，用涂改液在桌板背面偷偷写上的他的名字。

那天傍晚，她拿尺子刮了半天，才把暴露出自己小心思的痕迹全部处理干净。

但她没想到，第二天，林泽民三个字还是被她妈妈发现了。

有一个同学的家长是干刑侦的，他在自己家孩子的桌子上拓了张白纸，“恬不知耻”地运用了痕迹学中的手段，发现了那个同学暗恋女孩的名字。李小赞她妈还有其他的家长都有样学样，玩 high 了，大多都有所斩获。

那天晚上，李小赞她妈拿着拓印着林泽民名字的纸，郑重警告李小赞，高考之前，一律不许谈儿女私情，趁早摘了自己那些初开的情窦，要是再让她看出一丁点儿苗头，就转学。第二天早上起床，她还在自己床顶发现了新贴的报纸，上写三个大字：“忍”“奋斗”，那肯定是她爷爷搞的。

就这样，李小赞生命中第一份懵懂的爱情没有开始，就结束了。她恨恨地想，其实这样也挺好，她实在无法想象自己主动向那个林泽民告白的样子，一定非常滑稽，万一又被拒绝，一定又很悲惨。幸好，她不用经历这些。

她走在上学的路上，远远看着林泽民修长的背影。

可是……为什么还是觉得有点不甘心呢……

香樟树下，树叶做的篝火噼噼啪啪燃烧着，映红了蹲在一旁拿树枝侍弄的林泽民的脸。李小赞默默站在他身后，直到林泽民丢下树枝，忽然拉住她的手，把她拉到自己身边，两个人肩并着肩一起坐在那个 7-11 的塑料袋上。

家长会之后，本来已经死了心，准备专心对付学习的李小赞在体育课又去到那棵她常常发呆的香樟树下，却发现林泽民早就等在那里。李小赞有些尴尬，转身准备走，却被林泽民叫住。他说，她妈来找过他了，叫他不要影响李小赞的学习。李小赞正想是不是要为她妈的多事说句对不起，毕竟林泽民根本不知道自己喜欢他的事，就这么被牵连了，挺无辜的。

林泽明忽然拉住了她的手。

“其实要感谢你妈妈，要不是她来警告我，我还不知道原来你也喜欢我呢。”

“也？”

“对。”

李小赞的心跳得很快。“你是说，你其实也喜欢我？”

“对。”

“你确定？”

“对。谢谢你妈帮你跟我告白了。”

香樟树叶燃烧的味道让人迷醉。林泽民的脸眼看着就要凑过来，李小赞一把捧住，她能感受到他脸上滚烫的温度，不知道是激动得，还是被篝火燎得。“那天体育课，我不是跟你说过吗……我妈很鸡贼也很难搞，所以我们约好在高中期间就偷偷摸摸在一起，不能让任何人发现。你觉得，咱们今天晚上是不是有点冒险？”

林泽民把李小赞的手拨开，有些急切：“不会啊，亲一口就回去，又不咬你一块肉，不会有任何人发现的……来都来了。”

“嗯……”

时间仿佛凝滞了，李小赞多少扭捏了一会儿，直到林泽民把自己的手放在她的腰上。她像是在放生一只危险的动物，慢慢地把手从林泽民脸上放开。

原来初吻来临前的感觉是这样的。

在林泽民的嘴巴渐渐靠近的过程中，李小赞感觉自己全身都燥热起来，眼神越发迷蒙，之前乌黑的夜色此时也泛出金色的光芒，好像有人忽然为他们这难忘的一刻打开了一道灿烂的追光灯。

还有十厘米，九厘米，八厘米……最后一厘米！

李小赞已经感觉到林泽民的呼吸，她情不自禁地闭上了眼睛……只感觉一个站立不稳，她忽然被林泽民推出去老远。

李小赞吓得叫出声，睁开眼时，只看到林泽民在手忙脚乱地踹树。他们点的那堆篝火不知道什么时候引燃了刚刚工人缠在香樟树上的稻草。原来，李小赞刚刚感觉的全身燥热，以及金黄色的追光竟然是这个意外的火灾造成的。

干燥的深秋，火势迅速攀升，很快就点燃了香樟的枝丫。燃烧的树叶带着火一片一片朝林泽民砸下来。李小赞赶紧把他往外拉，林泽民却一次次挣脱她的手，想要把愈烧愈旺的火灭下来。

“别管啦，危险！”李小赞喊。

林泽民自顾自把衣服脱下来，不停地甩向树干上：“不行！

让火烧大了，咱们的事就暴露啦！”

“咱们就再也不能在一起啦！”林泽民的声音响彻人民公园，李小赞听了，拿起之前喝了一半的果粒橙冲了过去。

没有奇迹，一件衣服和半瓶果粒橙终究灭不了山火。虽然最后有工人跑过来帮忙，但最后还是有好几十棵树被烧光了。

第二天，市园林绿化局就把写有李小赞和林泽民名字的批评书贴满了全市的大小宣传栏，包括他们校门口的那块。就这样，原本约好的地下恋情，一下子变成了全市人人皆知的新闻。

现在回想起那个初吻之夜来，李小赞忍不住笑出声，可当时她妈执意带她转去另外一个城市上学的时候，她哭得跟有人要她命似的。

事隔多年再回来，李小赞发现那几十棵烧焦的树早已经发了新芽，而且似乎长得比之前还要茂盛一些。也不知道林泽民那个笨蛋怎么样了，去哪里上大学啦，交女朋友没有。

有时候，李小赞真觉得那一场大火，是林泽民为了报复她，给她开的一个大玩笑。要是现在，能找到他当面质问一下，即便得到的是那个她最不愿意听到的答案也很好。

李小赞裹了裹毛领，拢紧坤包，抱着隐约的希望在林子里转了一圈，终究没有发现林泽民的身影。她叹了口气原路返回，走到公园门口的时候，脑袋忽然被什么东西砸了一下。

一颗黑色的香樟树果实弹落在地上。

身后传来林泽民的哈哈大笑：“好久没整过你了。”

李小赞站定，没有转过身去，安静地呼吸了片刻，这才平复好激动的心情。她想，他的意思应该是：“等你好久了。”

# 有一种瘾，叫爱情

## 1. 爱情挽回任务

有些情侣，前一天亲密到像个头部连体婴，卿卿我我不离不弃，第二天就能打断头骨、撕破脸皮，互为仇敌谈分手，而另一些情侣，嚼口香糖一样，整天把“分手”两个字攒在嘴里颠来倒去地说，却几年，甚至十几年还不要脸地苟且在一起。

阿煜和小雪就是这样奇葩的一对。

在他们两人的恋爱史中，最接近彻底分手的时刻有那么几次。第一次，是他们还在传媒大学上学的时候。

北漂都知道，从传媒大学出发去市区，需要从地铁八通线转到一号线，有四惠和四惠东两个转乘站可供选择。四惠东的话，有迷宫一样的铁栏杆驾着，转乘路线比较蜿蜒曲折，但上了车就有座。四惠站则完全相反。

小雪不喜欢一潮潮人乌泱泱挤，阿煜则懒得低声下气地在地铁站里傻逼似的绕来绕去。所以，每一次他们都会在究竟选择哪个站转乘的问题上发生争执，火气有大有小，总归没有烧起来。那一天，天气有些闷热，两个人在八通线里被晃得头昏脑涨，又是这个问题，阿煜争不过，不知道为什么，这一次他再也忍不住，自己在四惠下了车，将小雪晾在地铁上。两人分道扬镳。

上了一天班，冷静下来，到了事后算账的时候，当然是阿煜负全部责任。

他灰头灰脑来道歉，小雪交给他一个任务，完成了就复合，否则就各找各妈。

“你不是就爱在四惠下吗，爱到简直令我不齿。既然这样的话，你就在下班高峰期，去四惠站趴着，给我亲一下地板。”

必不可免不少纠结之后，阿煜还是决定识时务，抹下面子，顺利完成了这个爱的挽回任务。

第二次，是在他们同居之后。养了一条小狗，晚上小雪回来忙着做晚饭，就交给阿煜去遛。小雪内心里盘算过。按正常遛狗步行速度来算，顶多半小时就能遛完。可随着遛狗的次数越来越多，阿煜上楼的时间也越来越晚，有时候小雪做完晚饭还得在餐桌边候着。

问他，就说是小狗大概吃了什么草，便秘，一直不拉。小雪就买回来好些治宠物便秘的药，拌在狗粮里吃了，阿煜遛狗的时间也不见变短。

终于，在一个晚上，小雪下楼去寻，远远就看到自己家的狗狗跟另一只狗狗正在肆无忌惮地交配，而绳子那头的阿煜正跟那只狗的美女主人聊得不亦乐乎，聊得忘记了时间，忘记小雪的挽回任务有多么恐怖。

这一次，小雪限定他一周之内把治小狗便秘的药吃完，否则就真的分。

阿煜犹豫了五天，最后趁着一个不用上班的周末，再次顺利完成任务。

最后到了今天，他们神圣的结婚典礼在酒店开场。这是一场纯雅典范儿的典礼，花童都是花高价钱从罗马请来的，之前有一个只是混了十分之一的他国血统，都被小雪退掉了。要的就是一辈子一次，要的就是完美。

可是，就是在这么完美的典礼上，到场嘉宾百来号人，居然在吃了喜宴之后，集体食物中毒。白雪般梦幻的典礼现场淌满了大家的呕吐物。

这一切，都是因为阿煜为了显摆自己在罗马待过一段时间，强烈要求为大家献上一道地道的罗马菜——某种未知植物做的沙拉。

小雪实在忍无可忍，婚纱都因为她的怒气而膨胀起来，就像一只受到侮辱的河豚，站在舞台上，在大家的呕吐声中，给阿煜布置了一个无法完成的任务：让时光倒流，让今天的一切都没发生过，否则退婚！分手！

阿煜这下栽了，小雪玩真的了，看来分手无法避免。

实际上，在把任务说出口之后，小雪立马就后悔了，自己出了这么个难题，不是明摆着找分手吗？以前她总是相信阿煜会想方设法完成任务，然后自己装模作样地原谅他，再继续两人整天把分手挂在嘴上的做作的幸福生活。

现在……她觉得她应该是失策了。

小雪收拾好自己的婚纱，望了眼把头埋在双腿间的阿煜，做最后的告别。她失魂落魄回到家，穿着婚纱给自己下了碗方便面。到了要睡觉的时候开始脱婚纱，脱了将近快两个小时，最后实在脱不动，泪眼婆娑地躺在床上闭上眼时，已经是十一点五十九分了。

这个时候，她接到了阿煜的电话。

阿煜激动得失真的声音从话筒里传出来："小雪，我完成任务了。我刚下飞机，我现在在美国，按照美国时间，现在还是9月12日。"

小雪不敢相信自己的耳朵，带着哭腔笑了："好吧，算你完成任务，你又一次侥幸地得到了我。现在，给老娘滚回来，别在美帝人民面前丢大脸了。"

挂了电话，小雪大大地松了口气。

好险!

## 2. 剩余价值

自"剩余价值压榨中心"开办以来，我们中心的服务车还没有来到过今天这么远的地方。这说明，今年的资源形势相比往年更加严峻了。

一路上满是过度开采铜矿之后无奈留下的渣石，它们一下把车轮掀起来，又不接住，充满了恶意。我们的这辆车啊，摇摇晃晃，叮叮当当，行走在荒芜的沙漠里，在看到最后一口水之前，坚持着坚持着。

终于，一阵风沙掠过车窗，史上最偏远的社会福利院到了。

我们把固定在各自身上的掉着漆的机器从车上的插座上拔下来，鱼贯进病房，在病床间寻找还有剩余价值的人。这些人大多是还剩下最后一口气的老人，他们的魂魄像狂风里挂在树梢上的白色塑料袋，下一秒就可能被卷跑。他们已经无力开口交流什么，但我们并不需要他们说什么，那些临死前的废话没有任何价值。当然，在这个亡羊补牢，无比珍惜任何资源的社会，也有例外。如果他是个名人或者以说话为生的人，就要另说，他们嘴里吐出来的每一个单词，都能作为重要的文化资源回收。

而对于普通老人，他们仅剩的价值也就是那双能稍微哗啦几下的手了。

我们把机器架在他们眼前，把他们被亲人握住的手抽出来扣在手柄上，这样，他的余力才能摇动手柄，为我们这个社会创造最后一度电。即便等他们完成，垂下了手，也千万别着急离开。人升天前最后一口气，对准机器上的涡轮去吹，绵长到又能发出一度电。

这口气无论如何都是不能浪费的，这一点在我们的工作守则上写得很清楚。

我来到下一个病床前，掀开被子，底下并不是一个老人。她很年轻，挺眼熟。当我用手拨开她脸上稀疏潮湿的头发之后，才认出来，这是我当年暗恋了好几个学年的女同学。

她也认出了我。

“变帅了嘛。”她很激动，因为她浑浊的瞳孔清澈了几秒。那几秒，让她回到了那些年，还听 MP3 的年代，依旧那么美。

我条件反射地把她过滤了一遍——“变帅了嘛。”这句话针对公司来说，是没价值的。我自己却是有些受用。然后是她的手，断的，两只手都是，丢失了。她的嘴，烂掉了，腐烂的，有蛆，有洞，攒不住气，最后一口气也无法贡献。结果就是，她是个毫无价值的存在。

同事催我赶紧处理下一个，我当时是很尴尬和茫然的，不知道为什么，我觉得，我得在她这里等一等。

她充满了歉意，喉咙里挤出几个字：“实在是对不住，我没什么留给你了。”她在笑，笑容烂烂的。还是好看，我禁不住地想。

“还有的。”我附身下去，把嘴唇留给她，“我想找你要个吻，你把它给我，公司会为你骄傲。”

“你呀你。”她骂我，笑着亲上我。我卸下机器，缓缓搂住她腐烂的身体。

机器上的警报器越来越急促，而我发现我的身体正在用超出想象的速度腐烂着。

机器提示音响起，说：“您正在违反本公司资源利用条例中的第一款：不得将已签约给公司的身体资源挪为他用。我们已经启动惩罚程序，请迅速回到机器中来。”

我已经顾不得那么多了。如果爱情在这个时代是一种浪费，总得有人为之浪费一次。

# 当心爱情啐你一脸

## 1. 耳机线

磊之所以喜欢上曼，很大一部分是因为曼的淘气。

且不说淘气的女孩子有多活泼可爱。最为关键是，淘气的女孩子通常容易犯一些大头症小错误，比如摔个跤啊，弄洒个水啊，在磊换衣服的时候闯进房间啊之类的。而每次曼犯了错的时候，磊可以大气地原谅她，也可以假模假式地教育她。

就是这种做大男人，有人在下面听话的感觉让磊喜欢上曼。

实际上，曼淘气的点有很多。

其中最让磊哭笑不得的是，她总喜欢在无聊的时候，偷偷把他的耳机线揉成一团。

每次磊想起来听音乐时，都要费上不少时间去解开那个说死不死说活不活的结。

当然，他每次也都会在曼的额头上轻轻地敲一下，佯装愠怒：“你这个小淘气鬼。”然后就罚她给自己按摩一小时。

好温馨。

到了期末，英语四级考试，磊的英语烂透了，为了毕业，为了那个梦寐以求的实习，之前几个月他每天抱着书恶补单词，哭啃下各种大部头，还天天早起去英语角堵留学生练习口语和听力。

这样，临上考场，他才有了些许的自信。

考前准备，磊取出收音机，又看到了曼淘气的成果。

她这次估计是想从磊这里得到一个很大很大的“惩罚”，所以加倍淘气，拿耳机线打了个很大很大的N多个活结组成的一个死结。

等磊全身紧绷，满脑门冒汗，终于解开时，听力已经播完了。

出了考场，伤心乏力的磊看见曼从水泥花坛上跳下来，笑嘻嘻地迎上来抱住他，说：“哈哈哈，吓到了吧？”

磊抬手就给曼来了一耳光。

就这样，他们分手了。

## 2.放手机

磊和曼相爱多年，每年的相识纪念日，他们都会前往那家定情的餐厅吃一个温馨的晚餐。

磊掀开菜单，点了“当小公鸡遇到小米椒”“创意冒菜”“一口香”好几个曼爱吃的菜，曼又翻开酒水单，点了一扎磊喜欢喝的黑啤。

服务员哐哐当当送完菜，最后提上来一大扎冰啤酒，拿餐巾纸垫着。他看了一眼桌面上磊和曼的手机，又不忘提醒道：“先生小姐，注意保护好手机哦，小心不要沾到酒水。”

磊和曼礼貌向服务员表示感谢，然后磊抬手就把自己的手机放在了曼的手机上面。

曼看了若无其事的磊一眼，当即拉下脸来，伸手就把两部手机调换了位置。

磊看见曼的举动，非常不解：“宝贝，怎么了，有什么问题吗？”

曼哼了一声：“以前每次来这里吃饭，你都是把自己的手机放下面垫着我的，说是要进水也是你的先进，我就是因为这个，才觉得忽然好有安全感，才喜欢上你的啊，今天你怎么这样？是不是不爱我了！？”

磊简直服了，没好气地说：“因为我最近换了苹果啊，触摸屏不能压的，而且你的诺基亚本来就防水嘛。再说，你垫一垫我又有什么关系！？我们结婚之后还不是要相互扶持。”

没等曼反驳，磊又伸出手去，粗暴地将两个手机的位置调换了回来。

就这样，他们分手了。

## 3.方便面

超市里熙熙攘攘，暖气又开得足，有些燥热。

曼和磊各自拉扯着自己的围巾，匆匆逛到了视频区，一架子方便面下面。

康师傅、五谷道场、统一、出前一丁、味王、华丰、农心辛拉面……

磊二话没说，上前就在康师傅那里挑选了一包老坛酸菜。

曼向来做事犹疑，口味也刁，她沿着货架慢慢浏览，挑选着自己最心仪的那个。

最终，她停在了统一面前，选了个小鸡炖蘑菇干拌面交由磊手中。

磊提醒说：“烧一锅水一起煮着多方便，就不要干拌了嘛。”

曼想了想，只好换了个泡着吃的小鸡炖蘑菇。

看看自己手里的老坛酸菜，又看看曼手里的小鸡炖蘑菇，磊似是有点不耐烦，将小鸡炖蘑菇粗暴地塞回货架，说：“选同一种口味就可以了啊，两种口味的话，还要分开两锅来煮，很麻烦的。”

曼也有些急了：“可是我就想吃这个啊，不想吃酸的。”

磊嗫嚅了几句，终于说：“你真麻烦！”

就这样，他们分手了。

## 4. 独家秘方

一番风驰电掣的云雨之后，大叔在卫生间里收拾遗留在自己身上的做爱痕迹，准备“加完晚班”回家。

床上的女人太疯狂，简直是一头女禽兽，大叔一边回味着，一边仔细地洗洗涮涮，把耳朵缝里的口水、毛发间的味道一一剔除，又是一次完美的偷情，他暗自偷笑，直到把圆镜掰过来，看见脖子上挂着一颗比淋病还招已婚男人恐惧的东西——草莓。

它鲜嫩地长在显眼的地方，势必将带给他跪搓衣板的命运。不过，大叔对处理这种意外有丰富的经验。

他轻车熟路地跑到橘子水晶三元桥店旁边的小诊所买云南白药。结账的时候，一个年轻男人排在大叔前面，他捂着脖子，一副着急的样子，大叔心照不宣，又看见他手里捏着一盒创可贴，便知道这孩子资历尚浅，根本不明白用创可贴遮挡草莓是多么天真的行为。

大叔扯了一把潮男的衣角，悄声说："嘿，小兄弟，听叔叔我一句劝，脖子上整一块儿创可贴，你那是此地无银三百两。"回头看见大叔也是一手捂着脖子的模样，年轻男人一副偶遇道家高人的表情，连忙请教："高人救我，不仅我脖子上有，我女人脖子上也有，她老公很难缠的。"大叔晃了晃自己手中的云南白药，说："拿云南白药喷，半个小时就下去了，然后抹一点儿精油，一定是薄荷的，散血快！这是我的独家秘方。"大叔还慷慨地将随身带的薄荷精油分了点给年轻男人。

年轻男人感恩戴德，大叔潇洒地摆摆手，然后两人各自回酒店，按照独家秘方为自己以及女伴处理起来。

脖子痕迹消失之后，大叔回到家，雄赳赳气昂昂敲开门，见到老婆不腿软，面对问题不心虚，大叔认为这种感觉实在是棒极了！老婆对大叔的晚归有些微言，尝试着问，自然没问出什么名堂来，就让他过关了。

两人关了台灯相拥着睡去。大叔心中的石头落地，躺在枕头上，一侧头，惊了，因为他隐约闻到了一股熟悉的味道，那是云南白药混合着薄荷精油的独有味道，这下糟糕了，大叔以为是自己没有清理干净，直到他凑近老婆的脖子，那股味道更浓了！

这下，大叔懵了，云南白药加薄荷精油的秘方，应该只有自己知道，哦，不对，今晚，那个年轻男人也知道了，而他，一定替他的女伴处理过，那个有着难缠老公的女伴。

## 5.换灯泡

小真和小实租住在一起，两个人相互扶持，一起小心翼翼维系着本就不算牢靠的，他们之间那种特殊的感情。

小真是攻，小实是受。

这天晚上，他们躺在黑漆漆的房间里，两双眼睛眼巴巴地盯着房顶上已经断了丝的灯泡。

小真默默地生着闷气，忽然开口说："我们分手吧。"

小实感到意外和震惊："你到底怎么了，神经兮兮的，灯泡也不让换，现在又说这话。我究竟做错了什么呢？"

小真转过身来盯着小实："你说实话，你跟隔壁的小刘是不是在搞暧昧？"

小实瞪大了眼睛，表示自己的无辜："怎么会！没有的事！"

小真激动地坐起来："还不承认，那天你们俩换灯泡，你坐在他肩膀上，他扛起你……"

小实没好气地说："灯泡太高了，没有椅子，这样换灯泡有什么不可以的吗？"

小真吐了口气："有，你不应该正对他的脸坐在他肩膀上。"

小实的脸憋得通红。

就这样，他们分手了。

## 6. 珍珠奶茶杀手

磊向曼表白时，曾经信誓旦旦地承诺过，他会一辈子保护着曼，不让她受到一丁点儿伤害。

曼特别需要这样的承诺，因为她那个拥有特殊身份的父亲，曼在日常生活中遭遇各种危机的概率要比一般女孩子大很多。

比如今天在步行街，曼和磊牵着手正要走向的那个珍珠奶茶店，店主就是一个伪装的赏金杀手。

店主的谋杀计划大致如下：

Step1：炮制出一杯奶茶。

Step2：往奶茶里放珍珠的时候，偷偷在普通的珍珠中掺入一颗直径要大于0.5厘米的特殊珍珠。

Step3：当曼在吸食时的时候，那颗特殊的珍珠会塞住吸管，曼自然吸得更大力，珍珠拥有更大动能，大到可以窜进曼的气管。

Step4：珍珠堵住气管，曼顺利死亡。

曼拉着磊的手蹦蹦跳跳走过来。店主杀手盯着她的眼神，就像是比尔盯着新娘。

凭借多年的警护经验，磊第一时间就觉察出这老板的蹊跷。特别是他制作奶茶时粗笨的动作，简直就像一个钟点工在刷马桶，那杯奶茶绝对是他这辈子做的第一杯奶茶。

“放珍珠吧？只多加一块钱。”老板询问小曼。一般来说，女孩子哪有不加珍珠的呢。

小曼刚要开口，“不要珍珠。”磊警惕地拉住她。老板的再三坚持，让磊更感觉到其中有问题。老板开始用激将法，对小曼说：“姑娘，你男朋友可不怎么疼你哟。”小曼憋红了脸，有些愤怒地盯着磊，意思是让他看着办。磊二话没说，直接拉着小曼离开了摊位。珍珠终究没有加成，磊又一次成功地保护了曼。

最后，他们分手了。

因为曼觉得磊太抠门。

## 7. 科技造福情侣

磊前段时间花了好大的力气才把曼挽留住。

事实上，磊的甜言蜜语说破了皮都没有用，最后，还是科技帮助了他。

曼在提出与磊分手之后的第二天，便开始着手清理与他的一切瓜葛。她发现他们两人之间共同的牵绊，除了这个礼物那个相片之外，还存在于各种社交工具中。

从QQ到MSN到新浪微博、腾讯微博、网易微博，从人人网到开心网到朋友网、51网，从微信到link到skype到google+，手动删除好友关系共计达到19次。

女生是很容易被数字打动的生物，一个个网络关系解除下来，她从来没有觉得自己跟磊有这么多回忆和值得留恋的过去。

总之，曼打消了分手的念头。

当然，也有可能是怕麻烦。

## 8. 早餐黑三角

“近日有网友爆料，在北京的时尚风向标三里屯太古里出现了一个令人疑惑的角落。在这个角落，每天总会出现三到十堆不等不小心掉在地上的早餐。

“我们采访了负责此片区域的清洁工张阿姨，据她描述：‘掉早餐的都是一些三十岁左右的男青年，看样子像是附近这片儿的上班族。他们往往提着从地铁口阳光早餐摊位上买来的粥啊饼什么的，走到那一片儿我不敢说出名字的地方的时候，远远地看了眼三里屯，就是优衣库还是什么库那片儿，然后一愣，早餐就掉了。邪乎极了，老吓人。’

“没错，观众朋友们你们看，我手指所指的方向，这块邪乎的地方，就是从前面路口红灯，到这个广告牌，站在这里视线刚好可以望向三里屯广场的一段。附近的人们都叫这里：早餐黑三角。早前，我们特别邀请了清华大学物理系及北京大学心理系两大教授就此区域的异状展开了为期半年的调查。今天，终于到了公布真相的时候。

“首先，许多女孩都爱三里屯，她们会带着自己的闺蜜、男朋友来这里消费。当然，还有一部分是带着情夫。三里屯广场呈凹陷型，非常隐蔽，两边的商铺，就是阿迪达斯和优衣库这两栋，为隐蔽的地下情活动树立了天然屏障。

“其次，正如之前所说。所谓的早餐黑三角区域，其实是能将视线深入三里屯内部的绝佳观测点。许多掉早餐的受害者，正是在这里看见自己的女友或男友挽着其他人的手，一时肾上腺激素跃升，导致神经传导受阻，提早餐的手指反射绷直，早餐跌落。

“所以，一切真相就是这样，谢谢您的关注。”

## 9.呼吸灯

疾驰的地铁上。

只要有机会碰到，曼发现那个叫磊的男孩子如果不是坐在自己这一边的椅子上，就会偷偷从对面换到她这边来坐。

磊看起来是个帅哥，对于这样明显的暗示，曼却是一直装着矜持。

估计磊也有些内向，坐过来了，也只是低头玩着自己的手机，不知道主动。

曼在心里多少有些着急。

直到今天，当曼身边的一个大哥起身下车之后，磊偷偷看了这边一眼，二话没说，再次坐了过来。

看着磊线条干净的侧脸，曼终于鼓起勇气问了一句：你是不是喜欢我？

磊一愣，有些疑惑地看着曼，然后恍然大悟，摁暗手机说：“不好意思，你是不是误会了。我只是怕对面光线变化太强而手机呼吸灯不停工作，浪费电而已。”

曼看了看车窗外，从传媒到四惠，果然总是过隧道又上桥。

好吧……

## 10. 一次性女友

繁殖公司 GWAB（give world a baby）由政府主导成立，这家公司所执行的繁殖任务有强制性，有法律效力，违者判刑。

也许是因为女性比例一再降低，或者是基友越来越多，严重失均的生育率已经影响到国家发展。因此，GWAB 强制 22 岁男性在生日当晚进行一次交配，无论跟谁，当然，跟自己的正牌女友交配可以领取国家补助。

而没有女友又实在没有勾女魅力的草根，由公司统一分配“一次性女友”。

一次性女友，是一具容纳了整套生殖系统的廉价高仿真机器人。肢体做工粗糙，子宫里塞着一颗卵子，可以说是存粹的繁殖器皿。为了节约成本，机器人不支持个性定义，她的容貌统一，在美国是安吉丽娜·朱莉，在中国是苍井空老师（工程师也是奇怪，为啥是日本人）。而在日本呢，是一条牛头狗身马尾巴的兽（日本人的口味跨世纪之后越发奇特了）。虽然这个机器人只是个用后即弃的工具，但小磊还是给眼前这个女友取名为小曼。

小磊用规定动作完成了交配，精子顺利钻进卵子，逃过这次的牢狱之灾。

只有为数不多草根得不能再草根的人才会爱上一次性女友。

很可悲，小磊就是其中一个。

因此他在 GWAB 的胚胎回收员回收小曼之前带着她私奔了。

奔跑的过程中，小曼的肚子咕噜咕噜地响，好像一口煮着一个鸡蛋的锅。

不一会儿，小曼的肚子就大到走不动道了。

眼看着回收员驾驶着小车，就要抓到他们。

小曼抱住小磊，终于向他道出实情：“虽然不忍告诉你，你啊，其实也是一个机器人，下面也裹着一颗精子，你叫一次性男友。”

小磊很伤心。

小曼安慰道：“没关系的呀，至少我们有过一次性的私奔，有过一次性的爱情。”

“一次性的私奔就是，你在前面跑，我一直在后面跟着你，没想过其他，一次性的爱情，就是生来就相爱了，直到死去。”

“比上个世纪好多一生的爱情珍贵多了。”

## 11. 魔豆

这一天，小磊心血来潮，下了地铁，从卖各式旧盆栽绿植的路边小贩手里购得了一个魔豆。

就是那种像罐头一样，拉环拉开，浇几天水，里面的豆子就会发芽的那种创意小物件。这个魔豆被根茎顶出来，豆瓣上会出现“我爱你”三个字。

小磊将魔豆送给小曼，他们俩暧昧了很久，一直没有人来捅破这层窗户纸。小磊想借魔豆来完成这件事。

小曼很开心，精心照料着，很快，魔豆终于长成。

小曼激动地把手机掏出来，美图秀秀都打开了，把镜头往豆瓣上一凑。

豆子上赫然显出一个宋体字——滚。

就在一年前，制作这个魔豆的工厂里，一条流水线上，有一个女工被男友抛弃。那女人为了泄愤，偷偷地在手上正在用激光雕刻的豆子上印上了那个“滚”字，许了一个埋藏着的爱情诅咒。

你也许会问：抛弃女工的是不是就是小磊呢？

其实不是，小磊纯粹是比较倒霉而已。

## *12.* 地毯分析报告

临近结婚之前，小磊替小曼报了一个家政培训课。

他对小曼是这样说的：“你看你这么邋遢，这么不会顾家，我怎么安心娶你进门，怎么放心你一人在家做家庭主妇呢。”

太会掰了。所以，想结婚很久的小曼就高高兴兴地出去培训了一周，什么烹饪课、清洁课、收纳课，来了一圈。

回来当天，她兴冲冲地到小磊面前汇报学业成果。

往床单里填被子，做菠萝咕咾肉，擦盆栽的叶子，拆洗窗帘……都做得有模有样。

最后，她拉着小磊来到客厅，有些得意地一把把地毯翻了过来，用手将里面的脏物拍出。

毛发、饭粒、纸屑等散落一地。

小曼用抹布将它们集到一堆，一边说：“老师说，如果把地毯里的脏东西分类，按照比例一看，就可以看出主人的生活习惯。比如饭粒比例多的，说明主人常常不在餐桌吃饭，是单身的可能性比较大；头发比较多的，说明主人需要补充维生素 E。”

这时候，小曼忽然打住，她发现手下的垃圾中，有好多片涂着红色指甲油的指甲屑。

是脚趾甲，有的陈旧，有的新鲜到像近几日剪下来的。

“对了，没错的。”小曼心想，“是在我去培训那一周，有某个女人在这里剪下来的。”

小曼腾地站起来：“虽然老师没说指甲的事情，但是要是女人指甲多，就说明主人经常会把女人带回家。”

就这样，他们分手了。

## 13.电影癖

小磊没有机会看自己喜欢的电影，已有一月有余。

并不是他对电影不感兴趣了。

而是女朋友小曼自从上个月搬到他家来住之后，就霸占了他的电脑。

小曼喜欢看的东西，跟小磊的爱好大相径庭。

比如，每次吃饭的时候，小磊想看《锵锵三人行》，小曼硬要看一集《康熙来了》。

吃完饭，小磊想看《苍穹之下》，小曼却要看《甄嬛传》。

有的时候，小曼看到小磊无聊，也会大度地让他挑选一部电影来看。

但是每次挑到的，小曼无一例外都觉得无趣。

事实上小曼根本不喜欢看电影。

如果自己一个人看，把她晾在一边，小磊觉得又不是男人的作为。

每天都是如此。

因此小磊未看自己喜欢的电影已有一月有余。

就这样，他们分手了。

## 14. 有一种安全感

小曼和小磊是普通的自由恋爱，双方从家庭背景到社会地位再就是身体容貌、个性缺陷，都是旗鼓相当，没有谁低就也没有谁高攀。

因此他们的感情生活一直以来非常和谐又平等。

小曼认为两人是天造地设的一对，比翼齐飞的一双，从来不缺少安全感。

直到某一晚，在床上，她摸到了小磊的人鱼线。

她发现小磊竟然默默地健身了好几个月。

你喜欢吗？小磊问她。

小曼摸索着小磊日渐膨胀的胸肌说，喜欢。

然后第二天小曼也去了健身中心，她觉得他们平等的感情世界，被她多出来的那几斤肉打破了。

踩单车、器械全组、游泳、韵律操……

小磊有腹肌，小曼就瘦腰；小磊屁股翘了，小曼就练锁骨……

小磊身材越来越好，而小曼却越来越累。

好歹，小曼抱着强烈的信念一直坚持着，终于练到与小磊不相上下时，她的安全感才再次恢复。

入睡前，小曼死死地抱住小磊，就像抱住失而复得的宝物，感觉特别安心。

直到……

小磊忽然打着哈欠提了一句：我最近忽然想吃素来着，听说对身体很好。

小曼不得不为自己再次鼓了鼓劲儿。

## 15. 地下告白事件

天津这个古来的天子渡口是个拥有很多故事的城市，其中又以谍战传奇最为人所知。

可小磊觉得他在这座城市的生活如一摊死水，一点儿都不具备传奇性。

差点儿过得去的工资，差点儿过得去的人际关系，差点儿过得去的夜生活。

生活中并没有多少令他提得起兴趣的事情，除了那一天，爱情不期而遇。

实际上是暗恋。

他在电视里的一个街头访问镜头里看见她，她是个普通的女孩，但小磊看着电视里的她紧张而吞吞吐吐的样子，莫名觉得高兴。

小磊绞尽脑汁想认识她，但只是一个接头采访，名字都不会被列在屏幕上，当时的记者也根本不会对这个路人有半点儿印象，毕竟在别人眼中，她是个再普通不过的女孩。

小磊每天下班后会去镜头里那条步行街游荡，希望女孩重游故地。

靠这种赌运气的方式来寻找一个人，听来就觉得不可能。

果不其然，如此半年，小磊一无所获，自觉这辈子基本不可能再遇上了，爱情是奇迹，说的是它的难获得。

晚上在自己租住的待拆的抗战时期老房子里，小磊站在那面古旧的镜子面前，想象着自己已经找到了那个女孩，镜子里那个就是。

“你好，我叫小磊，你不认识我，但我这半年一直在寻找你。嗯……那个，如果你愿意的话，记一下我的电话号码，1521075****。”他在对这段暗恋做形式上的告白与告别，打算从此不再奢望相遇，死了心回到自己没有故事的生活。

十几公里的另一处待拆公馆，小磊看上的那个女孩小曼正在洗澡。

她住的房子也很老了，甚至连莲蓬头都是历史产物，黄色，铜质，民国风格。

忽然，小曼感觉头上的水流忽大忽小，便站到一旁抬头看去。

莲蓬头的几十个小孔居然靠出水与不出水的排列组合，不断地显出一些字来，就像LED灯一样。

她看到的是小磊的告白以及他的电话号码。

或许这两间房子里当年住的是两个需要互通情报的特务，谁知道呢？

天津这个古来的天子渡口是个拥有很多故事的城市，其中又以谍战传奇最为人所知。

## 16.周而复始

小磊和小曼冷战了很长时间，个中缘由大抵逃不过世间每一对末路情侣都会遇到的那些问题。

就像一起坐在公园的长椅上。在恋爱开始之时，小磊会想这个女孩跟自己坐在了一起，真是有缘，而恋爱行将就木之时，小曼会想旁边这个混蛋怎么还不起身滚蛋，占着这个座是几个意思。

然而在没有确切分手之前，他们俩还租住在一起，谁都没说要搬走，或许各自还抱有握手言和的希冀。一般来说只需要一个小小的契机，但目前还没出现，两个人又都不肯示弱。

僵持的结果就是，他们渐渐在划清界限。

先是分床睡，然后是把牙刷分开放，再然后是衣服洗各自的，再再然后是饭也分开来吃。

所以，到了饭点，他们总是点两家的外卖。

一家黄焖鸡米饭，一家嘉合快餐。

来自鸡米饭的小哥与来自快餐的小妹因此总会在去往小磊小曼家的过程中碰到，要么在路上一来一往打个照面，要么乘上了同一个电梯，巧的话还会同时出现在门口。几乎天天如此。

那么，这就会导致一件事情的发生。

鸡米饭小哥爱上了快餐小妹。

小哥每天在店里盼望着小磊的订餐电话，在送餐过程中抓住一切亲近小妹的机会，帮她拎外卖，下雨天帮她打伞等等。

有一天，小哥自己觉得时机成熟了，便在送完外卖的回程中开口向小妹告了白。

小妹当时脸一红，急匆匆地跑了。

小哥无从判断小妹是同意还是不同意，或者是恼羞成怒了？

直到第二天又接到送餐电话，再次见到小妹，小哥心里一直都打着鼓。

一路上两人无话。

小妹跟以往没什么两样，小哥很想问一问她的答案，但终究不敢开口。

敲开门，把黄焖鸡米饭递给小磊之时，小哥才发现，因为心里忐忑，他来时忘了拿米饭。

心情本来就不好的小磊抓住小哥好一顿骂，还威胁要投诉。

回去的路上，小哥闷闷不乐，小妹忽然开口了："没什么好不开心的啦，我告诉你一件高兴的事情好了。"

"什么？"

"我也喜欢你。"

另一边。

小磊盯着自己光光的黄焖鸡发愣。

桌子对面的小曼默默吃着自己的快餐，忽然把自己的饭推到当中，开口了。

"一起吃吧。"

这就是他们一直需要的那个契机。

# 一堆匪事

## 1. 过敏

一圈不等距的雷管爆炸之后，几吨重的金库大门朝预定的方向轰隆倒塌。没等烟尘落定，老大便带领几个兄弟一哄而上，朝着这次抢劫行动的最后一步进发。

小刘扭扭捏捏落在最后，老大不耐烦地推了他一把，像一个坏学生嘱咐看门大爷似的，粗暴地吩咐他将装着金条的保险柜打开。老大没有耐心也没有义务给小刘一点儿尊重，因为小刘只不过是个替补，是他们这个经验丰富的团队在老开锁师得癌症死了之后迫不得已的替补。

前不久，老大才从人才市场把学精密仪器的小刘“招聘”过来。他们没有做过一次“团建”活动，也因此，小刘跟大家都不熟络。

这是小刘第一参加行动，他紧张得满头大汗，把套在头上的黑色头套都沁湿了，印出一个夸张的五官。实际上，小刘的手指刚触到保险柜旋钮，他就颤颤巍巍地抖起来。

老大用力地朝他腰间捅了一把，怒斥他不要抖，结果小刘像帕金森病人一样抖得更加严重了，弧度越来越大，最后倒在地上抽搐起来。

大家面面相觑。

只听见小刘口齿不清地询问:“唔……这……个头套有问题，什么材质的？”

老大看着负责置办工具的兄弟，那胖子也不太确定：“羊毛吧！？要么就是尼龙。”

小刘听了，捂着头痛苦大叫:“准是羊毛，我羊毛过敏啊。”紧接着便抽了过去。

开锁的人成这样了，一帮人站在一堆近在咫尺的金子面前只能搔首挠头，毫无办法。缺了精密仪器研究生学历的小刘，这金子再多，一粒也到不了他们口袋。

扇耳光、掐人中、人工呼吸……一番手忙脚乱的抢救之后，小刘吐出来几个泡泡，就再也没有动静了。看来是真的指望不上了，老大朝小刘啐了一大口痰，从地下回到大堂，朝天就是两枪：“有没有医生！？医生出来，不死。”

开枪之前，老大没有抱多大希望。在这座小城的小银行里要撞见小城唯一一家医院里的内科医生，概率听着就不大。

没想到，走了狗屎运，还真有一个女人举起手来。

金库里。

女人从巨大的手提包里掏出风油精什么的，哗啦啦就往小刘脸上喷。又拿出不知道名堂的药丸子往小刘嘴里塞。

老大心烦意乱地看着女人的动作，一面不停地翻出手腕看表。距离他在计划中规定死的安全撤离时间已经过去了五分钟。小城的警车再慢，此时此刻恐怕也快要到银行门口了。

实际上，他立马便从对讲机里听到了一阵警笛声。那是从他们安装在几条街外的声音接收装置里传来的，以便给他们预警。既然笨狼已经来了，也就意味着，如果他们这群聪明的羊再不走，最后也会变成死羊。

老大看看大家伙，每个人的神情都无比焦灼，大概也有想撤的意思吧。

这时候，女人惊慌失措地说：“他过敏太严重了，我……我救不活。”

老大哼了一声，踢了没有知觉的小刘一脚：“死了正好。”如果留一个活口在警察手里，那他们就得被一锅端。不幸中的万幸，不用带着这个累赘，逃也好逃些。

决定之后，老大迅速招呼几个队员逃离现场，两手空空，带来装金条的袋子原样带回去，仅留下尸体一具、惊慌的女人一位。

金库顿时重新陷入寂静。

已经隐约可以听到警车声从银行门口传过来。小刘眼一睁，赶紧从地上爬起来，然后一改之前的木讷，动作迅速而准确地将保险柜打开来。一旁的“女医生”把自己手提包里的便衣掏出给小刘换上，然后将金条悉数转移到腾空的包里。

他们两个人配合默契，像艺术一样。关上保险柜的最后一刻，甚至抽空接了个吻。

当警察鱼贯进入金库时，他们只看到两个心有余悸的人质——一个提着巨大手提包的女人和她的年轻丈夫。

除此之外，只有空空如也的保险箱，和一帮需要他们抓捕归案的银行大盗。

## 2.西瓜

在毒品交易这个行当里，傻不拉几不要命的，任自己的血涂满大街的大家都叫他憨佬，而耍阴谋，阴险狡诈，喜欢搞下流小动作的都叫烂仔。道上混的，都没几个听起来正经的名字，因为谁都不知道谁什么时候就死了，名字取太大，怕自己降不住。当然，更多的是大家互相看不起，谁都不服谁，胡乱取一些什么金枪鱼、阿鬼阿猫什么的来取笑。

只有他，靠着多年的狡猾，为自己赢了个名号叫老林。

老林备受肯定的狡猾之处在于，他混迹多年，迄今为止都没有被警察抓到过半点儿证据。每次都单打独斗，联络买家、选地点、交易一条龙全部自己一人包下。而且纵观整个圈子，也只有他一个人在严打期间有胆子依旧照干不误。

要达到这样的成就，老林没有诀窍，每一次，他都需要在前期进行大量的准备工作。

比如这一次在长沙。不仅扫毒组，整个公安系统连带片警全部出动，几万警力在全市各个角落驻防设点，简直是连一只毒蚊子都不让嗡一声的架势。为此，老林早在半个月前就已经潜到了长沙，熟悉环境。

为了在陷阱摞陷阱的城市里找到最佳交易地点，老林终日在大街闲逛。正值盛夏，长沙热到一个让人精神失常，看见迎面而来频频抹汗的行人，老林便想，在这样的鬼天气底下去蹲点，警察们靠什么消暑？不会搞什么高温补助吗？这样思索着，老林就来到了雨花区最大的水果市场。他穿梭在摊贩间，明着暗着打听了一轮，最后真让他找到了那个专门给警局系统供应西瓜的水果贩子。

老林抬手就在手机里给卖家发短信，说："日子定下了。"

交易日前一天。

警队后勤照常将整篓整篓的西瓜送到各处蹲点的同志手中，他们不曾注意到，西瓜上贴着的"香林农场"商标上，有个微小的凸起。

老林的手脚就做在那凸起上。每个凸起后面都是一个微型信号发射器，通过追踪这个如芝麻大小的装置，老林可以在自己的手机上看到，成百上千个红点从地图上的警察总署出发，像绽放的红色烟花一样，最后落定在城市的每一个角落。城市地图里，每一个十字路口，街口、居民区，甚至河道中间，都有红点在闪耀。

因为太过于密集，老林费了好大劲儿，才找到了自己最想找的东西——一个呈现出地图原色，没有被红色染指的地方——长沙市岳麓区榆林小区。

既然那里没有有资格吃这批西瓜的人，这也就意味着，那个地方没有警察驻守。

交易当天。

老林准时来到榆林小区，根本就是带着一份悠闲到想睡的心情过来的。他就像是一只没有了天敌的害虫，驰骋天地，爱怎么折腾怎么折腾。

接下来的事情相当简单。和买家在榆林小区中心花坛接头，一手交钱，一手交货，开溜，完事。如果有闲情，甚至还可以去火宫殿吃一轮湖南小吃。要做都在交易之前就已经做了，聪明就要聪明在这，老林悠闲地走在空荡荡的老旧小区里，脸上满是得意。

到了中心花坛，老林把石桌上晾晒的干豆角扫到地上，把货往石桌一放，便跷起腿，抽起烟，等着买家现身。坐在阴凉的树荫下，他甚至有些困，迷迷糊糊就听到哗哗啦啦一阵脚步声停在自己周围。

“够磨蹭的。”老林以为是那帮没见识的买家。

他睁开眼，看到的是一群高大男人，清一色板寸，几乎每个人都把上衣脱了搭在肩膀上。看样子，他们是刚刚从外面干完活回来。

一个男人看看满地的豆角，看看石桌上的旅行袋，又看看老林。

“哪来的你？把我家豆角弄地上干吗。”

老林准备凶他一凶，再仔细一看，眼前的人搭在肩上的衣服，深蓝色，有领章，不是警察制服是什么？

再看看小区门口，一个个警察手里提着菜，有说有笑地走进小区，好像下班回家。

他妈的，老林痛苦地闭上眼，他意识到，这是一个警察家属院。

## 3.劫持

十几个全副武装的特警一路穷追不舍，Jason逃得仓皇而筋疲力尽，从银行抢来的钱一袋袋都扔了，只求保命吧。

Jason自从高中辍学之后，在国外游荡多年，他对这座城市的记忆已经很斑驳了，加上大小街道在这不长的几年间因为各种城市规划切断了又接上，好像一盘面目全非的华容道，所以他总找不准方向。

在街头毫无方向感地乱窜一阵，Jason最后窜进了一条待拆的老巷子里。

迎面走过来一个后知后觉的漂亮女孩，Jason急忙冲上去捂住她的嘴巴抵在一个路灯下藏起来，等外面的警察搜寻完了这一片儿，确认了没有劫持的必要才打算放人。

女孩看起来柔柔弱弱的，落在满手是血的Jason手里，既不害怕也不挣扎，反倒是匆匆看了一眼他之后，忽然变得异常的平静。Jason也感觉出她不像其他人质一样抵触绑匪，而是若有若无地靠在他身上，最后还一软，温顺地窝进他胸怀。

Jason没处理过这样的情况，正打算拿刀柄在她头上来一下子。女孩开口了："你总算是回来了，估计把我都忘了吧！？"

Jason这才把女孩的身子掰过来，仔细辨认。"哦……"他愣在那里许久，说不出话来。原来是小曼，他此生唯一的初恋。

"怎么了，再见面没想到是以这样的方式？"小曼盯着愣怔的Jason，环顾老巷子四周，"我估计你也忘了这个地方，这根路灯了吧。那天，你也是像现在这样把我抵在这儿，然后吻我。那是我们俩的初吻。"

Jason握刀的手有些不稳。

“那天，你嘴巴还没从我嘴上松开呢，你就说我们分手吧，你要跟你爸出国。那天我死死扯住你的袖子，从这条街一直拉扯到你家，一路上我们走走停停，地铁里那么挤，被人拿眼睛瞪，我也一直都没松手。你那么坚持，我也没话好说，我想那应该是我这辈子最倔强的一天了吧。”

轻轻地帮Jason擦掉额头上滚下来的血珠，小曼继续自顾自地说：“快到你家了，你摁住我的手，劝我放手。我还没哭呢，你倒先哭了。所以，我最后还是放了你，并祝你的人生能够打开一个新的局面，在没有我参与的情况下……”

“他妈的，你不知道我多想你。”Jason终于松开抵在小曼脖子下的刀，将她紧紧抱住。

巷子外传来警犬吠叫声和警察们的对讲机部署声，他们终究搜索到这边来了。

“不过这次我不得不再次离开你了，等风声松了，我会回来找你的。祝我好运吧。”Jason推开小曼，正要跑，他的袖子再一次被小曼扯住：“这一次，我不会放你走的。”

警察的脚步声越来越响，Jason又急又无奈，他俨然看到了比十年前分手那天更加倔强的小曼，她手上的劲儿也比那会儿大了许多。

“你松开，我会被抓的。”

“没错。”小曼雪从后腰掏出一副手铐，铐住了Jason。她不无怜悯和充满爱意地说：“我会等你出狱的。”

## 4. 电动牙刷

老徐没有经过多少心理斗争就接过了老婆吕梅递给他的电动牙刷，这也就意味着，他同意吕梅提议的，一起把戚蕊干掉的计划。

老徐从小徐时代起便一直游手好闲，混到老徐的年纪还有人不抛弃不放弃，全仰仗自己帅气唬人的脸，以及时不时的几句致命情话。

他把痴情的吕梅哄得团团转。这么些年，吕梅负责勤勤恳恳，他负责潇潇洒洒。而这份潇洒的主要内容，到了死于安乐的后期，就变成了包养小情人。

戚蕊是一个纯粹的小情人，爱老徐爱得死心塌地，正是这份纯粹把她推向了死亡。她不懂得迂回，又太年轻，常常暗里耍性子跟正牌老婆抢老徐的陪伴，老徐从中斡旋的时候一个兜不住，就被聪明的吕梅识破了。

戚蕊拿肚子里的孩子威胁老徐，吕梅就拿离婚协议书、财产分割、赡养费威胁老徐。

老徐喜欢戚蕊一点儿没错，但他更喜欢不费力气的高品质生活。他认为，戚蕊可以有很多个，而让他过上这种生活的机会可就只有眼下这一个，老徐是个识时务的人。

“不离婚可以，戚蕊必须死。”吕梅跟戚蕊一样，也是一个纯粹的人，一个纯粹的老婆。

老徐起初还有些犹豫。杀人？万一被抓被关进湿牢里，那样的结果可与他想要的那种高品质生活离得有些远。

吕梅又说：“用我的方法，不用沾一点血，保证能干干净净地脱身。”

“警察一点儿查不出来？”老徐问。

吕梅递给老徐一只电动牙刷。

“我在这只牙刷的电路板里加了点东西，调整了一下它的震动频率。戚蕊拿来刷牙的时候，大脑会接受这种有规律波动的刺激，潜移默化中影响她的行为。这叫脑波催眠。过不了几天，等她变成一具尸体之后，警察再怎么查，也只会认为她是跳楼自杀。情人节不是快到了吗？你把这个送给她。”

听到这里，老徐放心地接过了牙刷：“就这么简单？”

“就这么简单。不过，牙刷向她释放这种频率，也是需要保持一定节奏的。你必须在每个星期的周一、周二，以及周六，让她使用这只牙刷。保持这样的节奏，最多三个月，你就会看到她的变化，然后，就等着死亡的到来吧。”

这倒不难，老徐心想，再买一只一模一样的，到时间偷偷换上就好。他有些谄媚，又有些龌龊地对吕梅说：“要随时替换掉她的牙刷的话，除非这三个月让我跟她待在一起。不过，这样的话，我怕你心里不好受诶……”

吕梅看着老徐表情背后藏着的一副窃喜的样子，她叹了口气，说：“只能这样了。”

之后的三个月里，一切按计划进行。老徐严格遵照吕梅安排的时间表替换戚蕊使用的牙刷。在那电动牙刷平稳的震动节奏里，裹挟着一条难以觉察的震动波，通过牙齿、下颚骨、脑壳，一直传到戚蕊的大脑深处。这波动挑动着相关的神经节点，在她的意识里慢慢构建起一条能够让她毫无顾忌去执行的反射动作方案。

老徐眼见戚蕊的精神状态日渐恍惚，计划的成功实施指日可待。

就在第八十一天，老徐照常装作贴心地把牙膏挤好，把牙刷递给戚蕊。刚开始戚蕊还有些睡眼惺忪，等电动牙刷接触到牙齿不过几秒，她的身子突然挺了起来，眼神发直，眼珠子被钉子钉在了眼眶里似的。紧接着，她的双脚挪动起来，带着她的整个身子来到阳台围栏边，然后脱下拖鞋，二话没说就将自己翻了过去。

老徐始终站在一边看着，他很紧张。但更多的是对计划即将圆满感到兴奋，他搓着双手，等待楼下传来那一声巨响。

嘭——像是装满水的气球撞击地面之后碎裂的声音终于传到了老徐的耳朵里，他还来不及高兴，却发现自己脑袋里哪里的开关被拧开了，不受控制地，他紧随着脑海里一个声音走到了阳台，然后也像戚蕊一样，攀上阳台围栏，然后纵身跳下……

对于这起“情夫与小三殉情跳楼”惨剧，警方通过仔细取证，借由在电动牙刷里发现的改装电路这个证据得出的结论是：老徐设计，催眠了拿孩子威胁自己的情人，而在情人跳楼之际，他终究因为过不了良心那一关，最终畏罪自杀。

吕梅哭得很伤心，她的啜泣声中带有某种令人动容的频率。她喜欢掌控频率，她喜欢催眠，电动牙刷里灌入催眠频率，让戚蕊自杀是一种，而给老徐制定时间表，让他按照特定时间节奏去做某件事，循环三个月，这又何尝不是另外一种催眠频率呢？

# 迷尸

## 1

魏知接到电话，按照指示来到红宝石温泉大酒店。推开3017客房的门，他在地毯上发现的是三具尸体。

尸体已经用黑色垃圾袋仔细包裹好了，透明胶带紧紧捆绑着，显出大概的人形。从体型看来，是两大一小。

唉……倒霉的一家子。

不过几个小时以前，这一家人趁了一个没有雾霾的好周末，快快乐乐地来酒店泡温泉。不到五岁的女孩子活泼好动，在温泉里游得像条小海豚，满场闹腾，惹得全场的大人都想抱起她来亲一亲。

到了房间，爸爸妈妈都还没换好衣服，女孩子又闹着要玩捉迷藏。难得开心，爸爸妈妈由着她性子去，两个人都配合地捂上了眼睛，嘴里数着数。妈妈心细，还是顾忌女儿的安全些，悄悄在手指间打开了一条缝，便看到自己的女儿踮起脚拧开门而去。

这酒店人多眼杂，妈妈觉得心里不妥当，赶紧拉着爸爸跟上。

他们绕着走廊找，越是急，越是找不到。女孩向来是擅长玩这个游戏的，她总能寻找到一个爸爸妈妈想不到的地方躲起来。而此时，在电梯口，她趁一个服务员专心整理桌面餐具的时候，撩开布躲在了他将要推向3017房的餐车上。

这个服务员手忙脚乱，紧张兮兮，眼睛总提防着头顶上的监控。他不是一个真正的服务员。

餐车布下，一箱子海洛因以及一个多出来的女孩，被推着经过那对父母身边。

妈妈对这个眼神不善的服务员有些疑惑，不免在他身上投放了多一点的关注。在3017的门被打开的那一刻，过堂风吹起来，妈妈终于敏锐地看到摆荡的餐布下，女儿的小花鞋露了出来。

妈妈不免觉得尴尬，笑女儿淘气，可等她刚要追过去，门已经迅速关上了。妈妈吐了吐舌头，只好赶紧拉着爸爸敲门跟人家道歉，把女儿要出来。

里面传来一个男人警惕的问话："什么女儿？"

妈妈说："餐桌底下呢，不好意思，给你们添麻烦了。"

他们在外面搓着手，等人家来开门。可等了半天，等来的却是女儿戛然而止的尖叫声。爸爸全身都麻了，嘴唇发紫，妈妈顾不得一切，开始疯狂地锤门，木门上渐渐出现一个带血的凹痕。

门哗啦一声被拉开，妈妈被人一把揪住头发拖进去，爸爸被人一刀捅在胸口……

老大要把因为玩捉迷藏而闯入交易现场的这家人“抹”掉，这就是魏知被叫来的原因。

## 2

魏知开着这家人的休旅车，车里装着这家人的尸体，行驶在去往垃圾焚烧厂的远郊山路上。

那焚烧厂的管理员在这深山里待了多年，每天在后半夜收钱烧尸，处理着各个社团运来的各类尸体。管理员与老大是多年的交易换来多年的交情，而魏知却是个新晋混混，生平第一次执行这样的任务。

老大的心腹告诉魏知，老大就是在各方面谨言慎行，靠类似这种不着痕迹的处理方法，让警察久久没能抓到把柄。

“所以，最好给我悠着点，要是把事情搞砸了，可有得好果子给你吃。”

前路云遮雾绕黑茫茫一片，后座坐着的三具尸体也是安安静静一片黑茫茫。魏知全身僵硬，死死地握着方向盘。草草放在座位上的尸体随着路上的坑洼踮起落下，垃圾袋与死肉之间摩擦发出的那种声音，让魏知紧张得膀胱发胀。他小时候曾钻在奶奶怀里睡觉，第二天家人把死去奶奶僵硬的手掰折了才把他弄出来。从那个时候开始，他便害怕死亡，对尸体有一种近乎恶化成疾病的恐惧。

魏知麻木地盯着前路，耳朵里充斥着的，全是导航仪里故作亲热的女声。

他在她的指挥下左拐右扭，过桥上坡。而实际上，在这片儿偏僻的地界，导航仪屏幕上显示出来的是空白一片，没有一根代表道路的线条指导着确切的方向。

一个急转弯，压到了一块不打眼的大石头。休旅车整个砰咚一声，魏知也跟着蹦了一蹦。

“他妈什么鬼地方！”

一想到自己要去的地方全凭一个没有人形的女人说了算，魏知就感到莫名的烦躁。而这辆破得快自动解体的休旅车，不知道能不能坚持到目的地，他可不想抱着这三具已经有些味道的尸体走在这山路上。

魏知保持高度紧张，又开了半个多小时。经过一个缓缓的上坡，对面的山坳里终于现出了一些灯光，隐隐约约蒙在浓黑的烟雾里。

魏知闻到了垃圾被焚烧时的焦油味。终于可以卸下这些包袱了，他长长地舒了口气，最后往后视镜里观察尸体的状况。

车后门居然掀开来了，而原本的三具尸体如今只剩下两具，小女孩不见了。

魏知震惊了，“妈的……”他在感到害怕之前，先说了一句脏话壮胆。

回头透过洞开的车尾看出去，冷风伴着山里的白雾呜咽着，眼前的路，似乎比来时更黑了。小小的黑胶袋跟黑夜混为一谈，哪里还看得见半点那死女孩的影子……

# 3

休旅车掉了个头，蛇行在山岭间。

车轮小心翼翼地碾过细碎的沙地，车前垂吊的小玩偶在魏知眼前晃荡来晃荡去。他一路往回开，路面上，左右两边的树丛间，林地里，沟渠里，但凡打眼的地方，他都趴在方向盘上探头探脑地寻找。

女孩的尸体似乎比她活着的时候还要聪明些。那一团黑肉，不知道找了哪个角落藏了起来，等着魏知的到来。

魏知被深夜的凉风吹透了，越找越怕。他害怕找到，害怕突然看见尸体破袋而出，草丛里冒出一颗毛毛的脑袋，他又害怕找不到，第二天被人发现了，报了警，老大震怒之下，折磨他，会让今晚的恐怖变成现实。

又往回开了几百米，正在魏知心凉之时，车灯下忽然晃出一个人影。

是个佝偻老头，当地山农的样子。他正颤颤巍巍地从沟渠里爬上来，手电筒和一个鼓鼓的黑色垃圾袋放在一旁，那垃圾袋大概是他刚从沟里捡上来的，塑料绳断了，看不出所装之物的形状。

不过大小体积没错。

魏知把车停在老头即将爬上来的位置，想了想，从口袋里拿出他整天带在身上却从未见过血的藏刀。

老头见自己头顶突然冒出一个人，吓得身体一震，保持着爬了一半的姿势，气恼地问："哪冒出来的！？吓爷爷一跳。"

老头说完嘿地蹭上来，居然比魏知还高一个头。

魏知支支吾吾结结巴巴："这袋子……"

老头没好气地拎起袋子就走："老子捡的！？"

魏知被这老头的横惊着了，继而莫名地愤怒，看他提着那袋东西晃荡，觉得他根本不值得自己犹豫，该杀。魏知这么想着，就这么举着刀冲上去，一刀插在了老头的脖子上。

## 4

前面不远就是焚烧厂破旧歪斜的后门。

魏知在后视镜里重新确认了一下后座。没错，女孩重新坐了回来，三具尸体完璧归赵，套着皱巴巴的垃圾袋，全家福的样子。

"团聚了！"魏知轻轻地说了句，他本来想大声吼，但想到尸袋里的三个人是否也像他看着他们一样看着他，还是害怕。

按照老大心腹交代的"交货"流程，魏知应该把尸体运到后门，然后给管理员打电话，管理员过五分钟会出现，对一对尸体的数目，应该是……四具，得加上后备箱里那老头，魏知会自掏腰包加一份钱，连车交给他，这才算是交接完毕。

等钱在口袋落定，管理员便会连车带尸体推进巨大的焚烧炉，不留半点痕迹。多加的那份钱对于魏知来说，应该算是挺多的。但花钱消灾，此刻，能让他早点回家，不出纰漏，跟老大交差，他什么都愿意干。

这么在脑子里过了一遍，魏知稍稍理了理紧张的情绪，便提了口气，拨通了管理员的电话。

他巴巴地看着大门，隐约的手机铃声却是从他身后休旅车的后备箱里发出来的。

震惊中，魏知哆哆嗦嗦举着电话，慢慢绕到车屁股后面，丁零零丁零零，听得越加真切了。他不愿意接受自己此时脑海中的结论，但还是慢慢掀开了后备箱。

果然，在老头尸体的口袋里，他找到了管理员的电话。管理员，也就是死了的老头，之前是捡破烂的。

魏知赶紧检查了后座上那个失而复得的女孩儿尸体，黑胶带撕开来，却只是一包路边垃圾。

此时，一阵细碎的塑料袋声悠悠响起。魏知如冰水灌脑一样愣在那里，腿脚发软。他眼睛小心翼翼往下移，忽然，一只僵白的小手忽然从座位底下弹了出来。

魏知吓得后退半米，跪在车门前。桌位底下，随着颠簸而滚落下来的真正的女孩儿尸体从破洞里掉了出来。

她死了也要玩一次捉迷藏。

世上终究没有鬼。

然而，在焚烧场失去管理员的情况下，魏知面临一个选择：1. 老子不管了，把尸体扔在这，谁爱烧谁烧去，暴露了，那就看看老大究竟有什么手段吧。2. 自己把尸体烧了，而且，为了保证每晚的尸体有人收，不被暴露，他必须接替管理员的工作在这收尸烧尸，也许是一生与尸体相伴。

魏知站在焚烧厂后门，想了很久很久。

# 业务王

## 1

傍晚的CBD，警报声忽然在一座写字楼里呼叫起来，播音系统把它传到每一家公司的头顶。

消防演习开始了。在一家贸易公司任业务员的小贺与同事们应声从公司冲出来，按照大厦管理规划好的演习路线往下跑。

在进驻这座大厦的其他公司看来，消防演习是可有可无自愿参加的麻烦事。但小贺的变态老板却把这次演习作为对员工的特别考核——“谁要是第一个跑下楼，就将本月的最后一个大客户交给他。”——小贺急需拿下这样的客户，帮助他冲到业绩第一从而获得丰厚的奖金。

当然，与小贺想到一块儿的一如既往是公司公认的业务三王中的其他两人，一个是Miss吴，人称国贸十三娘。她拥有令客户颤抖的美丽与诱人的神秘感，随身提着一个藏有各种秘密武器的手提包；一个是肥刘，人称肥头蜘蛛，他拥有极其强大的人脉网络，是个百年一见的social高手，任何一个人，哪怕是刚出生的婴儿，他都能在摇篮边跟他拜把子。

演习中，小贺、Miss吴、肥刘使出浑身解数，在其他悠悠哉哉的白领们惊呆了的注视下，像疯了一样喷射下楼。最终，三人撞开安全门，同时“触线”，扑倒在老板面前，累得像狗一样。

老板将客户王老板的资料扔在他们面前，笑着说：“又是你们三个，不分胜负哦，那就看谁有真本事，能把这条大鱼做了！”

在出发拿下客户的前一晚，三个人都在使用自己擅长的方式做着巨细无遗的准备——小贺一个字一张图地分析王老板的行程与喜好，王老板各个角度在各个地点的照片铺满墙壁，他拿着红色笔在他发现的地方打圈圈；肥刘则一个接一个给朋友们打着电话，在深夜的巷子里与一个神秘的男人碰面，还在大排档里请了好几桌人，他大笑着从中周旋，跟一伙人密谋着什么；Miss吴则像特务一样，将香水、口红、面饼、防晒霜之类的物件煞有其事地检查好放进手提包，然后对着镜子收拾自己，一副胸有成竹的表情。

三人筹划妥当，就看谁有本事第一个出现在王老板面前，将名片递给他，成为真正的赢家，成为当之无愧的业务之王。

## 2

比拼日。

研究过王老板日常出行路线的小贺一早便躲在王老板停车的地下车库。他远远地观察到王老板从自己车里下来，抓准时机掏出名片便朝王老板走过去。Miss 吴躲在一根水泥柱后，打开面饼盒伸出柱外，用面饼盒上的圆镜子观察着小贺的行踪。等小贺经过水泥柱，刚做好见到王老板时需要的微笑表情，Miss 吴提着面饼盒吹向他的眼睛。

趁小贺捂着眼睛疼得蹲在地上，Miss 吴赶紧追上正走进电梯的王老板，最后抿了抿嘴唇上的口红，侧身闪了进去。她想要来个不期而遇，没想到不知道从哪里来了一个工人，他搬了一块大三夹板也在最后一刻闯进了电梯。

本以为可以在电梯里跟王老板搭上话的 Miss 吴被工人用巨大的三夹板与王老板隔开，挤在电梯的另一个角落。可以看到，这个工人就是昨晚肥刘在巷子里碰面的那个男人。

电梯慢慢上到了地面。尽管被逼在墙角的 Miss 吴努力想要突破工人的防线，各种挣扎的动作难看至极，但站在另一边王老板什么都没有感觉到，对于 Miss 吴这只面上优雅脚下扑腾不停的天鹅来说，是好事也是坏事。

王老板按照他既往的习惯走去一家早餐店吃早餐，肥刘得意地倚靠在路口的广告牌下，目视王老板走出停车场，看见他走进早餐店，连忙跟了上去。

小贺红着眼睛乘另一部电梯赶到地面，马不停蹄地向王老板追去。在肥刘的安排下，一路上小贺遭遇到各种阻碍：乞讨的小女孩忽然撒开碗，拉住他的裤管，小贺一使劲儿挣脱而去；一群莽撞的轮滑青年像野牛一样撞过来，小贺轻巧地从他们中间穿过；一个摆摊卖衣服的女人忽然伸出腿来，小贺跳过，却没料到她又伸出晾衣杆子，一下子将他绊倒……

另一边，Miss 吴跟工人力量相差悬殊，她只好从手提包里掏出防晒油挤扔在了地板上，踩了几脚，白油四溅，她朝木板再一撞，工人脚下一滑仰倒在地，Miss 吴从盖在工人身上的木板上踩了过去。

舒缓的卡农钢琴曲中，王老板坐在港式早餐店角落桌子旁喝粥。

肥刘坐在靠外的桌子上，整理了一下自己的西装领带，正准备朝王老板走过去介绍自己。小贺轻轻闯进来，笑了笑，一手搭在肥刘的肩膀上将他拍回到椅子上。终于摆脱工人的 Miss 吴此时也扭着腰肢推开玻璃门门坐了过来。

就这样，三个人围坐圆桌对峙，一个瞪着一个，脚在桌底下互相较劲相互纠缠，无语僵持。

## 3

为了不给王老板留下坏印象，三个人一直不动声色，细细地喘着气。

就在这少见的“中场休战”时刻，各自补充下能量吧。肥刘一抬手，叫服务员上三份早餐。

一只酱油瓶，三人分享。

王老板似乎是吃好了。他抽出一根烟似乎在找打火机，眼神四下搜寻。三人的脸都埋在粥碗里，下一秒，却出奇一致地抬起来。要开战了。

三个人都抖擞起精神，希望在王老板搜寻的目光中，第一个看到的人是自己。

Miss 吴把胸挺了挺，而小贺及时掏出了打火机夹在手指间刻意地把玩着。

一个胖胖的女服务员忽然端着果汁壶上前，侧身挡住 Miss 吴，又在给小贺倒果汁的时候用果汁壶挡住了小贺的脸。

这个服务员也是肥刘的人。

王老板的目光越过服务员，扫向也叼着烟的肥刘。不待王老板的征询，肥刘赶紧谄笑着走过去给他点上了烟。他一边拿出自己的名片递给王老板，一边扭头朝小贺和 Miss 吴挤了挤眼。

小贺忍不住失望地叹了口气："肥刘胜了。"他看向 Miss 吴，想在她那里得到同样的遗憾表情，却发现，她嘴角上扬着，是一副胜券在握的表情。

小贺连忙继续关注事态。只见王老板看了一眼名片，脸色一变，直接把名片甩到了肥刘的脸上。

那不是肥刘的名片，而是一张照着王老板画的一个猪头的卡片。

原来在刚才僵持的时候，坐在肥刘旁边的 Miss 吴偷偷地把肥刘口袋里的名片夹了出来，来了个偷梁换柱。

王老板拂袖而去，已经露了脸，而且出了洋相的肥刘彻底没戏了，就此淘汰出局。剩下的，是小贺和 Miss 吴之间的双人对决。

## 4

小贺和Miss吴两人匆匆赶到王老板公司所在大厦的大堂，见他已经坐上其中一个电梯上楼了，而另一个电梯正要关闭，接近满员，只留了一个空位。

小贺一个箭步挤了进去，Miss吴居然紧随其后，不管不顾地尾随上去。

小贺瞟了一眼Miss吴，心想，有什么用，满员了，还不是得下去?

果不其然，电梯响起来满员警报声，必须得下一个人。小贺和Miss吴默默地等着。Miss吴如此耍赖，小贺也拿她没办法，不过他是不会退让的。很快，电梯里其他人的抱怨声响起来。“看你还好意思。”小贺拿眼睛盯着Miss吴，一副与其他人同仇敌忾的样子。

可小贺发现，众人嘴里抱怨的对象却是他自己。他环顾四周，这时候，他才悲哀地发现，虽然Miss吴是最后一个上去的，但电梯里只有小贺一个男人。

在周遭女人以及Miss吴的男人与绅士论调下，小贺只好悻悻地下了电梯。

Miss吴压抑不住自己的得意，在电梯关上的最后一刻，朝小贺挥了挥手。

赢家一定是自己了吧。从电梯出来，Miss吴踩着骄傲的步伐来到王老板公司前台，要求约见。比她更骄傲的前台斜了她一眼，冷冷地告诉Miss吴，王老板还没有来公司呢。

但他不是先坐电梯上来了吗？

“No，no，no。”前台一耸肩。

Miss 吴有些愣神。

此时，王老板正站在电梯厅走廊的另一端，完全被墙边一堆蜡笔小新玩偶吸引住，一步也不想挪开。

原来，早在比赛前夜分析王老板的照片时，小贺便注意到王老板的生活中充斥着各种各样蜡笔小新的形象。他的领带上是蜡笔小新的图案，他在办公室后的书架上摆着蜡笔小新的玩偶，他的手绢，也是丝质的小新。一个中年人，还钟爱这样的卡通人物，想必一定是喜欢到了极点，甚至有些病态。

小贺推断王老板有收集蜡笔小新玩偶的怪癖，于是在前一晚就在走廊里摆了蜡笔小新玩偶引他上钩。

洞察人性和细节，是小贺最擅长的。

电梯叮地一声打开了，小贺把手插在口袋里走了出来。他远远地看了一眼在前台傻愣着的 Miss 吴，吹了个口哨，拿出自己的名片，转身往王老板走去……

# 循环

## *1*

有人告诉我一个故事。

那是我还在上着大学的时候，没所谓的那天，我蹲在厕所里，高高的白色浆木板将我围在中间，讲故事的人蹲在我旁边。

他嗯了半天，终于将东西憋出来，一阵水声响过，他说："嘿，我给你讲一个故事……"

"小的时候，我们一家人住在农村。那是个全国有名的贫困村，很闭塞，有很多古老的习俗流传下来。有一天，我姑姑死了，葬礼就是按照习俗办下来的。很隆重，一大家人三百多口全都放下手里的农活，一心帮姑姑送终。

葬礼那天，真的很热闹，邻村的都跑来围观。我忘了告诉你，我姑姑是吃饭撑死的。死得很怪，身子发肿。而且她肚子里还怀着孩子，但没人知道孩子的父亲是谁。那天，村里请来的和尚正在大堂念经，我就坐在外面等着吃饭。我坐着坐着，竟慢慢听不见和尚念经的声音了，扭头往大厅一看，香烟缭绕，一个漆得暗红的棺材停在大堂正中，黄色的圆圆的“寿”字正对着我。

有一个人将我从凳子上扶下来，我看不见她的脸，也感觉不到她手的温度。她就站在我身后，五根手指抵住我的后背，把我往大堂里推。

大堂四周挂满了青黑色的帷幔，上面绣着阿鼻地狱里的恶鬼，个个青面獠牙，灰白的眼睛里没有瞳仁。我被推到棺材前，浓浓的烟气熏得我睁不开眼睛。可那背后的手一下伸到我面前来，用中指和食指撑起我的两块眼皮，往外掰。

朱红棺材上倒映出我双目圆睁的脸，和一个穿着青紫色寿衣的女人。乌黑的头发挡住了她的脸。我仔细看了半天，终于在她的下巴上发现了一颗饱满的黑痣。我姑姑的下巴上也有一颗那样的痣……”

听到这里，我感觉屁股上凉飕飕的，地下蹲坑的水管乌黑乌黑，细细的风往上吹。于是我轻轻叫了一声打断了他。

“咳……”

“怎么了？”

“听你这么说，你不会是被鬼上身了吧。记得我小时候，大人跟我讲，办丧事的地方小孩不能随便闯进去，即使去了，也不要正对着棺材坐，小孩阳气虚，很容易被鬼冲撞的。”

“或许吧……”他若有所思地说，“我当时才四岁，年纪小，以为姑姑活过来了。便问:‘姑姑你带我看什么?’姑姑没有说话。棺材盖却呀呀地打开，一股石灰味道飘出来。棺材里堆满了裹着石灰的白布，年轻的姑姑躺在白布中间，脸上涂了一层粗糙的白粉。两条乌黑细长的眉毛从眉心一直蔓延到耳根，弯曲的假睫毛像蜈蚣一样钻进姑姑的眼睛里。她还涂了血红色的唇膏。

“我的眼睛被撑得生疼，又问：‘姑姑，你要我看什么？’

“姑姑没有说话，只是嘎嘎几声弯下腰，长发扫过我的脸。她的双手伸向棺材里的自己。抚着自己僵硬的脸庞，把嘴唇上一点儿没画好的口红轻轻抹掉。接着她往下拨开青紫色的寿衣，一条发青的身子展现在我眼前。

“姑姑尖尖地笑了一下，她的身子忽然裂开一条缝，从头到脚。她的额头裂成两半，她的鼻子裂成两半，她的嘴唇裂成两半，她的脖子裂成两半，她身上的白粉嘶嘶地漏进缝隙里。

“姑姑像拉开一条拉链一样把自己拉成两半，软搭搭的皮肉卷向两边……一个男人从里面露出来。男人是干农活时的打扮，衣角还沾着新鲜的泥土。我认识他，他是邻村有名的光棍，说他有名不是因为他是光棍，而是因为他风流。

“姑姑瞅了他半天，最后啐了一口，又把他拉开了。他的皮有一点儿老有一点儿硬，姑姑费了老大劲儿才将它们掰到一边。又有一个女人露出来，她的皮肤皱缩在一起，眼角爬满了黄的白的霉。我也认识她，她住在村头，是个传说与光棍有一腿的寡妇。不过，她已经失踪一个月了。

“我专心地看着姑姑把人一个个拉成两半，没有说话。

“但姑姑说：‘你看……我吃得太饱了。’”

我倒吸一口凉气，马上拉了一下拉环，“哗哗”一阵水声响过，恐惧感消停了不少。但讲故事的人突然不作声了。

“喂……不讲了？”我一边提裤子一边问。

那边没有回答。我以为他正进入排泄的重要的阶段，无暇顾及，只好出来洗手，心里还想着他讲的那个故事。

“那个故事就这样完了？”洗完手我又问，他还是没有回答。

我敲了敲他的门说：“大爷的，弄神弄鬼的，再不吱声，我把门打开了啊。”说完，我就一下揭开白色木门，想看他惊慌失措的样子。可是……我面前还是一扇白色的门，粗糙的门面，模糊的污迹。我又把那扇门打开，不出人所料，那门后面还是一扇一模一样的门。我就那样把门一扇一扇地揭开，又惊又怕，直到筋疲力尽。最后，我醒了。

## 2

“你说你最近一直在做这样的怪梦？”罗医生轻声地问。

“是的。前天晚上我还梦见自己不停地翻跟头，有一个模糊的女人在一旁帮我数数，数了一晚上。也不知道是我要翻她才数，还是因为她在数，我不得不翻。”张起帆瞪着一双布满血丝的眼睛无辜地回答。

“从什么时候开始的？”

“应该是两个星期前。”

“哦……是发生了什么事吗？”

“没什么特别的事，就是我女朋友突然提出要跟我分手。但是，后来我劝了劝，又和好了呀。”

“她跟你提分手的事……提了几次？”

张起帆抓抓头发，不解地问：“这跟我的病有什么关系吗？”

“有些心理学上的东西是讲不清楚的，你只管回答就行了。”

“一次。”

“就一次？”

“嗯。”

“就一次？”

“对啊。”

“就一次？”

“真的就一次。”

“就一次？”

“对！你为什么问这么多遍？”张起帆怒了。

罗医生惊讶地看着他：“很多遍？我刚刚就问了一遍啊。”

张起帆看医生表情严肃，知道他没有说谎。他只感觉全身发冷，颤抖地说：“我刚刚出现了幻觉……”

“这是精神病的初期症状。是这样……我先给你开一点儿镇静剂，按说明书服用，一个星期后再来找我。”罗医生起身将张起帆从躺椅上扶起来。

张起帆回到学校后，按罗医生的吩咐吃了几天药，每次都很准时，因为有女友李娜帮他掐时间。药是一种深蓝色的丸子，包了一层糖衣，刚入口时很甜，再往后便是忍受不住的苦。李娜总是带一个杯子去上自习，一到张起帆吃药的点，便跑去走廊尽头的一个给水处为他接满满一杯热水，好就着吞服。

张起帆花了三天的时间吃完了一小瓶药，初见成效。噩梦做得少了，头脑也清楚了许多。李娜很高兴，非缠着他上街购物。张起帆满口答应，心想要好好犒劳一下这个贤惠的女朋友，便带了一张存了五百块的卡。

周末的步行街很是热闹，寒流到底敌不过韩流。爱时尚的人们都裹着黑的灰的大衣，冒着大风来寻新衣服。

然而走在人潮涌动的步行街，李娜步履匆匆，对旁边专卖店无暇一顾。许多挂在窗口的新款也吸引不了她的目光。张起帆勉强跟住她的脚步，很纳闷，不禁问："你想买什么？不逛逛专卖店？"李娜回头默默地说："我想买一件礼物送给咱俩。买一件对我们来说意义重大的礼物。"

听她这话，张起帆第一个想到的是戒指。"那……那好。"他吞吞吐吐，脸上挤出笑容，手却捏紧了口袋里的卡。

李娜带着张起帆挤出人群，走到步行街的尽头，拐进一个隐藏在广告牌里的巷子。

那巷子里沿路摆满了一排排的地摊，卖些零碎的东西。每个摊子后面都蹲着一两个人张着渴望的眼睛看着来往的行人无声地吆喝。李娜径直朝其中一个摊位走过去，有个油黑褶皱的老头守着他的货品。

张起帆莫名其妙地看着老头面前一摞蓝白条纹编织袋，不知道李娜想干什么。

"大叔，我买个编织袋，最大的那种。"

那老头什么都不说，瞟了瞟张起帆，伸手便往那一摞袋子里找。"哎……你等等。"张起帆制止老头，问李娜，"买这破袋子干吗？"

"这袋子对我对你都很有意义的，又不贵！"李娜也像那老头一样盯着张起帆。

"不……是贵不贵的问题……好……好……买吧，买吧。"

张起帆没好气地从老头手里接过袋子，丢了十块钱给他。谁知老头抓住袋子不放，嘴里着急地嚷着：“等等……”

“怎么了？”

那老头说：“袋子里有东西，等我拿出来。”说着，他拉开袋子，在里面掏了半天。张起帆不耐烦了：“掏什么呢，不卖算了啊。”

“有好几个袋子是套在一起的，等我把里面的拿出来。”老头又掏了一阵，那几个袋子都粘在一起，剥也剥不开。张起帆越发不耐烦了，狠狠地说：“得了，得了，你把里面的袋子一起算给我，五十块。”

老头高兴起来，露出油黄的牙齿：“那敢情好！”他把袋子折了几折放在一个皱巴巴的黑色塑料袋里，递给了张起帆。

## 3

买完袋子后，李娜和张起帆转头就回了学校。两人都有些不太高兴，赌着气。张起帆把袋子塞到李娜怀里，嘟囔着说：“好好收着你这有意义的编织袋吧。”

李娜却把袋子扔在地上，眼一横，头也不回地跑了。张起帆看着她奔跑的背影，也不去追，正想离开，心想说不定以后那些袋子还有用，不能便宜了哪个捡破烂的，便又将袋子捡起来，愤恨地往宿舍走。

到了晚上，张起帆还是去了李娜和他常去的那个自习室。果然，李娜没有来。

十一月的自习室很冷，偌大的教室没有几个人，他们都挤在最靠讲台的一个角落，互相取暖，把头放在桌子上默默地没有一句话。日光灯空叫日光灯，一点儿没有温暖的感觉，反倒给一排排空荡荡的座椅打上了冷霜。张起帆坐在门边那个他跟李娜常坐的位置，他在手里哈了一点儿热气，搓搓，准备写论文。

忽然，他感觉讲台那个方向有一双眼睛在盯着他，那眼神很凄厉，充满仇恨。张起帆不解地朝那群人看去，只看到十几个布满头发的后脑勺，没有一个人看他。

倒是有一个女的，在张起帆看向那边时，把头发往后拢了拢。张起帆看见了她瘦削的侧脸，一块块狭窄的骨头撑起脸皮。但她随即又栽下头去，埋在一本字典里，再也没有起来。

明明有一双眼睛，它藏在哪里？

那些人臃肿的衣服里？

桌子缝里？

还是……

头发里？

想到这儿，张起帆不安起来，他记得以前看过的一部恐怖片，里面有只鬼，头发里藏着一张脸，密密麻麻的头发从那张脸的额头、嘴巴、脸上的毛孔，甚至眼珠里长出来。他还记得看那片子时，因惊恐而钻进他怀里的李娜。

李娜？张起帆不禁小声惊叫起来，因为正在他回忆时，人群里有个男的莫名其妙地转过头，他的眉毛细长，嘴巴小而红，粉嫩的脸颊画着腮红，是李娜的模样。是李娜剃了短发，穿着男人的衣服？

不可能，张起帆赶紧摇头。这时，那男的前面又有一个穿大黑毛衣的男人转过头，眉毛细长，嘴巴小而红，他呵呵地笑，嘴角有两个可掬的酒窝。张起帆头摇得更猛烈了，仿佛就要掉下来，他紧张得突然想放屁，但忍住了。

然而，那群人一个个不停地回过头，都带着李娜的脸，虽然有的瘦削，有的丰满，有的还有一小片胡须，但毫无疑问，那都是李娜的脸。

张起帆还在摇头，不过已经做好了跑的姿势了，屁股夹得很紧，硬是没有漏出一点臭气。原来，一张亲密的人的脸也可以让人害怕到这种地步。

“咚”的一声，一个装满水的杯子落在张起帆眼前。他抬头一看，是一个穿着蓝色羽绒服的女人……又是一张李娜的脸。张起帆见这女人抬起屁股就要坐在自己旁边的位置上，忙问：“你是谁？”

那张脸笑了笑：“你神经吧，我是你亲爱的女朋友。”说完，李娜便将脸凑在张起帆的耳朵旁，吹了口气。张起帆酥麻了一阵，放松下来，那个屁也就无声无息地飘走了。再看前面那群人，他们已经转过头去，又把头发对着后面。好像什么都没发生。

“该吃药了吧？”张起帆自言自语地说。

“该吃了！”李娜接话，说着便从张起帆的背包里拿出那瓶药来，倒了五颗在他的手心里。他正准备拿起那杯水时……“咚”的一声，另一杯水落在桌上，一个穿蓝色羽绒服的女人在他眼前站了会儿便紧挨着李娜坐下了。

张起帆越过李娜看那个女人……眉毛细长，嘴巴小而红，是李娜！这时，“咚咚咚”三声，又有三个穿蓝色羽绒服的李娜紧挨着坐在一起。她们一齐转过头盯着张起帆，同声说：“该吃药了。”

# 4

张起帆不知道自己是怎样逃回宿舍的，书啊包啊，全都丢在了自习室。他第二天逃了课，疯了一样去找罗医生。

“罗医生帮帮我，那些药我吃了没用。”

“怎么？”

“吃了那药之后，噩梦倒是不做了，不过总是出现幻觉。”

“你都见到了什么？”

“李娜，很多李娜，一个又一个……”

“李娜是你女朋友？”

“嗯。”

罗医生扶了扶眼镜，继续说：“对于你这样的情况，我建议做一个催眠治疗。把隐藏在你心内的病根拔出来。你同意吗？”

“同意，同意。”事到如今，他除了同意没有其他办法。

“那好，现在你躺到沙发上去。”罗医生指了指墙角的一个双人黑皮沙发。

张起帆躺好，眼睛盯着雪白的房顶。过了老半天，见罗医生还没有下一步指示，张起帆大声地说：“罗医生，可以开始了。”然而没有回答，他抬头往罗医生看去，只看见一张空荡荡的藤椅，细小的灰尘飞舞，罗医生不见了。

张起帆赶忙起身，四处找寻。一个遥远的声音从他的脑袋里响起：“张起帆，你现在已经在梦里。”

“现在，你打开左手边的门……”张起帆伸手往左边摸去，摸到一个冰冷的门把手。一扇白色的门凭空出现在房间里，上面工工整整地分布着无数个猫眼，从上到下，从左到右。无数双眼睛在猫眼后观察张起帆。

“门后是一切谜团的开始，你迫不及待地想要看到它……”

张起帆打开门，发现自己站在一个雾蒙蒙的窗户外面，脚下是一片湿漉漉的草地。

“……你往里面看……”

张起帆依照声音的指示，用袖子在玻璃上擦出一块透明的地方，把脸凑上去。原来是自习室。他看见一群人埋头坐在靠近讲台的那一片儿，而自己正和李娜紧挨着坐在靠近门的那个角落。

“你看到了另一个你……那个你在干吗？”

张起帆眯起眼睛，看到李娜正在自己的怀里嘤嘤地哭，眼睛鼻子通红通红。而自己表情木然，好像在想什么重要的事情。

“你在想什么……”罗医生的声音越来越遥远，张起帆屏住呼吸才能听到。他也在思考，那个时候，自己表情木然地在想什么。

“我告诉你一个故事！”忽然他听到另一个声音，这声音近在耳边，还夹杂着用力的“嗯嗯”声。这时，张起帆发现自己站在卫生间里，声音从一个隔间传出来。“你想听吗？”

“要讲你就说！”自己的声音从旁边的隔间传出来。

“我是念在跟你十几年朋友的份上才跟你说的啊，可别怪我多嘴。”

“你说！”

“听说，你女朋友怀孕了？”

“……”

“你以为她肚子里的孩子是你的？”

“什么屁话！”

“告诉你，有人在娱乐城里看见过李娜，她好像在坐台。”

“谁跟你说的！”

“好多人都在说，就你不知道而已。”

“……”

张起帆看见自己从隔间里出来，摇摇晃晃地往寝室走。一会儿后，又急急忙忙地出来，往学校后面的一条巷子里走。张起帆紧紧跟在自己后面，一直跟到一个皮肤油黑褶皱的老头面前。

张起帆看见自己向老头买了五个蓝白色的编织袋……

张起帆看见自己将李娜领到宿舍……

张起帆看见自己将还没有变硬的李娜塞进了编织袋……

张起帆看见自己在编织袋外面又套了一个编织袋……

套了一个，又套了一个……

张起帆看见自己吃力地把衣柜门锁好，疲惫地躺在床上，开始做一个很长的梦，梦里有一个人蹲在他旁边，给他讲山村姑姑的故事……

这时，罗医生的声音再次响起：“这时候，你发现所有的谜团都已经解开了，我数三声，你就会打开右手边的一扇门，你会醒过来。好……一……二…… 三！”

张起帆听从医生的话，在他数到三时，打开了右手边的门……

然而门外还是一扇门，上面布满了猫眼，无数双眼睛在另一面盯着他。

罗医生见躺在沙发上的张起帆还没有醒，着急起来，忙说：

“我再数三声，你会醒过来……一……二……三！”

张起帆还是一动不动……

# 回到坟墓

## *1*

一个人躺在床上，看一本叫作《四月书》的恐怖小说。

我很高兴他不是草草地一页页翻过，而是沉浸在剧情中，他因专注憋得通红的笑脸令我很感动。每每看到高潮处，他甚至不忘拍手惊呼一声。

他苍白的妻子朗静则表情麻木地坐在一旁，一针一针地往自己肚子上扎。乌青的皮肤上钻满了细小密集的孔。她在打胰岛素，救命的药——先天性糖尿病——靠大瓶大瓶的药活到现在。我亲爱的读者每惊呼一声，床便摇晃一次。朗静拿不稳注射器，好几次差点把动脉给划破了。

要是以前，她还真想就那么顺势划下去。活着太没意思。

但自从见到王总之后，她就不那么想了。

“行了吧你！赵毅力！别叫个没完没了的。”她恼怒地捶了一下赵毅力的大腿。

赵毅力瞟了她一眼，换了个边又继续看，床摇得更厉害。他不满朗静这么晚还出门，打扮得跟妖精似的。

朗静忽然换了一副面孔，恶狠狠地盯着赵毅力：“你要害死我啊！”

“死了最好……”赵毅力很小声地说。

“你说什么？”

“你自己知道……”

大家都应该原谅赵毅力这么说，因为在上个月，他去广州出差的时候，曾住在一家著名的酒店，第一天晚上，他竟然在走廊看见了朗静，依偎在一个高大的西装革履的胖子身上，迅速闪进走廊尽头的一个房间里。

当时他没有多想，可是，上个星期，就在他下班的路上，又看见朗静穿了身暴露的裙子钻进一辆福特，烟一样跑了。

他也不想怀疑自己的妻子，毕竟两人大学时就在一起，风风雨雨一直到今天。再说，她也没资格学别人外遇啊，只有赵毅力才能忍受这个永远病恹恹的女人。早年，要不是看她家里有两个钱，赵毅力才不会娶这个不会生孩子的女人。

“我怎么了？难道我生不出孩子就得去死……”朗静蔑视着赵毅力苍白的脸上，“哼，要是我死了，谁来养活你啊！”

她不该那么说，那是一部分男人共同的痛处啊，赵毅力二话没说，扔了手里的书，一下将朗静扳倒在床上，重重地压在身下，掐住她柔嫩的脖子。朗静竟没有挣扎，脸上也没有任何表情，只是直勾勾地盯着怒气冲冲的赵毅力，她或许是对丈夫完全失望了，连现在都不愿意配合他，做出痛苦的样子。

赵毅力没想到她会是这样的反应，赶忙松了手，一边大嚷："滚！老子不用你养！"

然而朗静没有动，她的肚子上插着一只粗大的注射器，大半只针筒都插进肉里，热气腾腾的血水冒着细碎的泡泡从孔里冒出来……

她真死了！

死得很冤，不过赵毅力觉得自己更冤，毫无征兆地便成了个杀人犯。

悔恨之余，他咬咬牙，镇定地想，不能就这么束手就擒，还是逃吧。这么想时，他已经收拾好了简单的衣物，最后将存折藏在行李箱的夹层。他匆匆下楼，看见院子里停着一辆黑色的福特，藏在一棵低矮的树后面，车里漆黑一片，不见半点人影。

不过，赵毅力知道那团阴影里一定有一张脸，正凑在玻璃上，安安静静地往外张望，他嘴里呼出的雾气暂时冷却了抑制不住的欲望。

"王八蛋！"赵毅力朝那车狠狠啐了一口，但他没有冲过去将那奸夫揪出来，而是很满足地转过身，往火车站跑去。他为什么这么满足？呵呵，这是一个很古老的游戏了。

## 2

赵毅力好不容易坐上去往老家的火车。那个闭塞的小乡村，全国贫困村排名第九。

赵毅力十几年前费尽心机从那里出来后就没有再回去过，要不是每年得给留在那里的老妈妈寄生活费，“狼李村”这个词早就滚出他的记忆了。

现在，他迫不及待地想要回到狼李村。

已经是深夜，火车轰隆隆响，天上轰隆隆打雷。

赵毅力听着这些声音，迷迷糊糊地想睡觉。但他胸口憋得慌，因为这车厢里的气味实在不好闻。他不禁环顾一下四周，看到的是一排排打盹的人，他们有的垂着头，有的张大嘴仰在椅背上。

只有赵毅力正前方，端端正正坐着一个人，一张没有一丝褶皱的报纸将那人的上半身挡得严严实实，只在报纸两端露出几截粗糙的手指，手指甲发黄，看来是个好烟的主。

赵毅力闲得无聊，把头凑近，看那报纸上的新闻。

看了半天，都是些二奶三奶的蠢事，赵毅力忽然觉得很生气，但又不知道把那气往谁身上发，只好躺回椅子，闭上眼睛试着睡过去。

他试了半天总睡不着，有一个事情憋在他心里，就像喉管里长毛了一样，非常不舒服。他仔细想想，不是杀人的事，也不是戴绿帽子的事。他叹了口气，睁开了眼睛，又看到了对面的那个人，依旧端端正正地坐着。

赵毅力一惊，终于知道那事情是什么了。从刚才到现在一个多小时的时间里，那人没有动一下，更没有翻动过报纸！照一般人的速度早就应该翻过去几版了！这是个很难解释的事情。

“大哥……”赵毅力轻轻朝那人喊。

没有回答，布满死皮的手指动也不动。

赵毅力把身子尽量往后靠，栽下头往桌子底下看去……

他看到的是不该看到的东西，一双深绿色的高跟鞋。

鞋上一对白净纤细的脚杆子耸立着直直地并在一起，蔓延到报纸底端。

朗静也有一双这样的鞋，去年在法国买的，是很少见的颜色，赵毅力记得她死的那晚正是准备穿这双鞋去会男人。现在这鞋穿在一个粗糙的老爷们身上，不，也许只是个手指粗糙的女人。

这时一个女人的声音不急不缓地在报纸里响起来："腹壁……双上臂外侧……臀部……大腿外侧……腹壁……双上臂外侧……臀部……大腿外侧……"

赵毅力愣在原地，不敢抬头，头皮上有千万条没有眼睛的虫子在爬，他不知到那些话是什么意思，但在这种情况下听起来是那样诡异。

然而报纸底下，那苍白的双腿之间，一个女人头忽然直愣愣地钻出来，恶狠狠地盯着赵毅力说："你知道除了这些，还有哪里可以打胰岛素吗？"

轰隆隆一个炸雷，赵毅力被打醒了。原来是做梦，他抹了一把满脸的汗水，回想梦中的女人，久久没有缓过神来。

现实中的车厢里非常热闹，不少人正在卸行李，准备下车。

坐在赵毅力对面的是个小孩，七八岁模样，胖乎乎的。他睁大眼睛愣愣地看着赵毅力，可能是觉得赵毅力满脸通红的模样好笑。

赵毅力向那孩子挤出一点笑容，那孩子没理他，把头偏向窗外。

火车吼了几下，一排晕黄的灯摇摇晃晃地停在窗外。孩子忽然高兴不已，大叫着身边的一个男人，要他赶快把窗户打开，不停地嚷："吃糖！吃糖！"赵毅力摸不着头脑，这么晚了，哪来的糖？

窗外忽然冒出一串头来，用蓝花蓝花的布盖着，下面的脖子很细很长。它们忽上忽下，争先恐后地往打开一半的窗户里钻。

孩子哗地将其中一个头揭开了，里面整整齐齐地摆着饮料和棒棒糖。等他数出五根口味各异的棒棒糖，旁边的男人便扔了五块钱在里面。那些头是圆滚滚的竹篮，小贩们用竹竿挑着送到顾客面前，让他们自己挑选。赵毅力隐约记得自己十几岁的时候也来卖过零食，那时候想到这样办法的人少，生意好做。后来就不行了。

底下的小贩焦急地等着乘客挑东西，嘴里不时提醒买东西的人别忘了给钱。

赵毅力有一天没有喝水了，口干舌燥的。他掀开面前一个篮子，准备拿一瓶矿泉水。

然而矿泉水没有，只有满满一篮子一次性针头，有的很新，泛起金属的光芒；有的很旧，弯成几段；还有的沾着条条干枯的血丝。

赵毅力脸一下子变绿，像某种虫子。

这时耳旁一个声音响起："小伙子……别睡了，该下车了。"一只温暖的手将赵毅力拉出噩梦。

那是一个很长很长的梦。

## 3

赵毅力一下车，就陶醉在清新干净的空气里。他贪婪地呼吸着，很想找一个地方美美地排泄一番。车站很小，只有两间平房，看样子是没有公共厕所。只好先忍着，等待会儿进村的时候，在山上解决。

家乡没什么变化，路没修起来，不过电倒通进来了。一排排裸露的电线杆插在大山顶上，像新鲜的金丝菇。赵毅力找了路旁的一根，在底下撒起尿来。

正美的当口，杆子上一张崭新的纸片生生地把赵毅力的尿憋了回去。上面用毛笔写着："乡亲们，镇上有通知，杀人犯赵毅力是俺们这一片儿的，大家有看见他回来的话，赶紧通知镇上。"

赵毅力原想躲在这里，谁也找不到。可警察还是抓住了蛛丝马迹，竟然知道了他的底细。好在村子里的人平常难得出门，现在应该还不知道他到了这里。

赵毅力竖起领子，匆匆沿着隐蔽的山路进村。经过前村打麦场的时候，他看见有好些人围在一个彩色电视机前，看节目看得津津有味，没人注意到他。赵毅力庆幸之余，也有点儿惊讶，没想到村子里也有人买得起电视了。

到家的时候，天开始黑了。赵毅力远远地看见一个穿黑棉袄的老人坐在门槛上。她头发花白，深深的皱纹爬满了窄小的脸，一条一条钻进没有光彩的眼睛。

有一个很久远的吆喝声回响在赵毅力心头："死伢子，毅力，快回来吃饭！"

真的是很久了，现在听来，赵毅力已经琢磨不出其中的更深的东西。那吆喝就像娘的脸一样枯萎了。

"娘……"赵毅力轻轻喊醒正在打盹的老人。

老人颤抖了一下醒过来，看到眼前的陌生的男人，没有一点儿反应。她真的是忘记儿子的模样了。这些年来，她一个人住在祖屋里。自从先前的几个要好的老朋友死了之后，就没有人跟她讲过话了。

最后，她将压在箱底的照片拿出来，上面有十几年前的全家福。她凑近去找到一个发黄的小脸，跟赵毅力比较了半天之后，老人大喊一声："儿啊，你回来了哇。"

赵毅力狠狠地点头。

晚上，赵毅力将他离家十几年后的事情一股脑儿地告诉了老娘，最后他说："娘，其实我这次是迫不得已回来的，我在外面杀了人。"

"儿啊，那可是掉脑袋的事……"

"我知道，我也不想，娘……你能不能找个地方让我藏一下，村里的人说不定也知道我杀了人，回来的时候，没敢让他们看见。现在知道我在这里的只有你了，你找个地方让我藏起来，等逃过了这劫，儿子一定好好孝顺你。"

"让我想想……哦，院子里倒是有一个地洞，是当年打日本鬼子的时候，你爷爷挖的，别人都不知道。"

"那好，我就躲在里面，这几天如果有人来问我的事情，你就说不知道。"

"嗯……"

赵毅力迫不及待地找到那个地洞，当晚就夹着简单的被子睡在了里面。那真是一个藏人的好地方，亏得当年爷爷卖力，将那洞挖得又隐蔽又深又牢固。里面有再大的动静外面也听不着。

赵毅力吩咐老娘将地洞在外面锁好，除了送饭的时候不要随便来地洞周围，就当他没有回来过。

老娘很听儿子的话，每天提醒自己，儿子没有回来过，地洞里没有人，家里也没有地洞……她像以前一样坐在门槛上打盹。

有一天，天已经很黑了老娘才醒过来，肚子咕咕地叫，这时，她想起自己还没有做晚饭，地洞里的儿子在跟着她一起挨饿。她懊恼不已，好不容易做了碗面条匆匆给儿子送过去了。赵毅力狼吞虎咽般吃完面，大声抱怨着："差点儿没饿死我。"老娘后悔得直掉眼泪，还说："都怪我老糊涂，竟然睡到那么晚。"

赵毅力抹了一把嘴巴又问："最近有人来找我吗？"

老娘眯起眼睛想了一会儿，说："有倒有一个，但不是镇上的，开着一辆黑车来的，我说你没有回来过，他就走了。"

"那个奸夫！"赵毅力在心里骂了一句，接着说，"那好，你先走吧，记得把门锁起来……"

老娘答应着，咔吧一声将地洞门锁了个严严实实，她刚走出半步，忽然想起什么，又跑到猪圈抱了许多稻草堆在门上，将门隐藏起来。

又是一天，老娘很晚才醒过来，是被饿醒的。她想起自己还没有做晚饭，于是匆匆做了碗面条吧唧吧唧自己吃了。

之后，她发了很长时间的呆。

她在想自己到底忘了做什么事情……

最后，她摇摇头。

终于没有想起来。

天上的星星一眨一眨……

# 外食

## 1

住在风光旖旎四季如春的温榆河畔，戚蕊的一天往往是这样开始的……

她会起得很早，换上凉爽的碎花连衣裙，顶着一顶草编的遮阳帽出门。她会踩着自行车去附近村里的集市上挑选一条村民自己在河里钓上来的草鱼。那个卖鱼的妇女会在收了她的整钱之后叉腰看着她，看她是不是记得要找钱，她往往就装作不记得了，因为头几次她开口要过，遭到这个妇女的白眼，以及几句类似“你老公这么愿意给你花钱，还在乎我手里这点儿吗”的闲言碎语。买到了鱼，她会沿着河回家，那里顺路可以摘到野生的香菜，这样做出来的鱼特别鲜美，跟别处都不一样。把这样的鱼摆在桌上等他，她的心情也会出奇地好。

可是，从上个周末开始，他已经连续好几天没有过来了，打电话也总是响了一声就被挂掉。大概是他老婆看得紧了些，没抽身的机会吧。这栋别墅里除了她没有其他人，那一条两斤多的大草鱼戚蕊总是吃不完，每每剩下半扇，就扔到院子里。这附近有一只不知道什么来历的猫总来这里觅食，脖子上用红绳子系了个掉了漆的铃铛，得亏有它，戚蕊才觉得不那么寂寞。

那只猫在戚蕊这里吃了好些天，最开始戚蕊还会站在门口等它出现，到后来时间长了，见“老公”总是玩失踪，戚蕊便没有那个心情了，吃了晚饭只管把剩鱼扔在门口，等她去旁边的酒吧喝完酒回来，门口就只剩下一个空盘子了。长此以往，这似乎成了她和那只猫之间的默契。

“老公”不理戚蕊的第 29 天，她照常从酒吧喝了酒回来，可能酗酒程度跟寂寞程度成正比，她喝得有点儿多，车开得歪歪斜斜，幸好这别墅区周边路上来往的车少，她忽然方向盘一摆，跨了一条车道刹停在路边，差点儿没撞上路灯。她只觉得肚子里翻江倒海，喉头涌上了一股醪糟味儿，赶紧下车扶着那路灯吐。

戚蕊感觉自己的肠子都要吐翻过来了，正呸着嘴里残留的呕吐物，她抬起头来，看见眼前吊了一团什么毛乎乎的东西，正在那晃荡着。等她眼睛聚了焦，立马吓得后退好几步，撞在自己的车上。那是一只风干掉的死猫，不知道被哪个混蛋折磨成那样，舌头都勒出来了，遭风吹雨打阳光暴晒变成了一截肉干。令戚蕊后退好几步的，不仅是这猫的死状，还有它脖上挂的那个用红绳子拴着的掉了漆的铃铛。

这只猫看着死了有段时日，可戚蕊明明记得，就在昨天那盘剩鱼都还被吃得只剩下了骨架。她住的那别墅门口是用院子围起来的，围墙有两人多高，除了这只猫能够攀爬进来，还有谁或者什么东西能够进来呢？除了这只猫，又是谁或者什么东西愿意吃她扔在门口的剩菜呢？

戚蕊急忙赶回家，打开厚重的院门，远远地便看见门口那只盘子在灿白的廊灯照耀下发射着更加惨白的光，果然已经空空如也。戚蕊害怕得不愿意碰到那个盘子，紧张兮兮地跨过它，躲进了别墅里。

晚上，院子里什么声音都没有，戚蕊把自己捂在被子里辗转反侧。她疯狂地拨打着“老公”接了就挂的电话，终于在凌晨打通了。“老公”不知道是躲在哪里接起来的，他的声音又轻又淡，那声音仿佛不是靠口腔而仅是靠他的一团气制造出来的。戚蕊向他撒娇，说到害怕处，还窸窸窣窣地哭起来。“老公”终于在第二天晚上开车来到了别墅，好好安慰了戚蕊一番，然后两个人把剩菜放在门口，躲在二楼阳台上，看看究竟会出现个什么东西。

那天晚上，他们几乎在阳台上蹲了一夜，那盘剩菜纹丝不动，没有逮到那东西的半根毛，之后，又蹲守了四五天，还是没有什么事情发生，戚蕊松了口气，况且有“老公”陪在身边，倒也高兴，不那么害怕了。“老公”却有些不耐烦，说戚蕊是不是故意编了个故事让他来陪呢，戚蕊百口莫辩，只好生闷气。“老公”这回也不顺着她了，说要在客厅沙发上睡一晚，第二天就走，家里边这些天很忙，还有很多事情要解决。

## 2

又是一个不眠夜，戚蕊躺在床上气呼呼地刷着微博，这些天里她心神不宁，好久没关心外面的事情了。刷着刷着，她的手指停在一则新闻上。说是上个月城里发生了一桩弑夫案，心狠手辣的老婆在夜宵的面条里撒上了氰化钠结晶，毒死了在外包养情妇的老公。老婆目前潜逃在外，希望群众提供线索。随文附上了一张全家福，照片里的老婆长得矮矮胖胖的，一脸福相。而照片里的那个老公戚蕊是如此熟悉，就在刚才还跟他吵过一架呢，此刻，他不是正睡在自己楼下的沙发上吗？想想也是有些蹊跷，以前“老公”是会打呼噜的，他这次出现，每晚睡在戚蕊身边都是悄无声息，不但鼾声没有了，连呼吸也是浅浅的，根本察觉不到。

戚蕊倚在围栏上，努力探出身子朝楼下的沙发上看。沙发上干干净净空无一物，没有人躺在上面过的痕迹。等她蹑手蹑脚下了楼，便听见院子里哈哧哈哧传来些动静，她趴在门上朝猫眼里看，也看不到什么。犹豫了半天，只好下定了决心把门一开……只看见那盘她和“老公”用来做诱饵的盘子前蹲着一个穿着睡衣、四肢和脸全是乌青的人，他埋头在盘子里啃着那半条鱼，口水淌了一地。听见戚蕊的惊叫声，那人抬起了头，他眼窝深陷，眼球好像没有一般，只剩下两个黑洞，脸颊也瘦得只剩下皮包筋。纵然他长得一副骇人的样子，但戚蕊还是可以认出来，他就是“老公”。

戚蕊吓得跑出院子，光着脚开上车朝城市的方向逃去。是了是了，“老公”被他老婆害成了一只饿死鬼，没人拜祭，只好依旧来她这里觅食。她做的那条鱼，在他活着的时候是外食时用来偷的腥，死了，老婆又潜逃，那鱼便成了他唯一可以得到的供奉与祭拜品。

身后的别墅亮着几盏灯，离戚蕊越来越远。那是这一片区域、这个时间点唯一的光亮，可戚蕊不得不逃离它，带着快要把心脏撕扯成碎片的恐惧，一头扎进未知的夜色中，踏上别墅区与城市之间那条长长的山路。

也不知道开了多久，戚薇只感觉夜色越来越深，而“老公”咀嚼鱼肉的声音总是挥之不去。她紧紧踩着油门，不敢有一丝松懈，脚心里不断沁出汗水。她只管赶路，目视前方不断向她扑过来的柏油路面，眼神不敢有一丝偏离。因为两旁的电线杆子上，分明贴满了警方对那个“老婆”的通缉令，两排胖胖的老婆笑眯眯地盯着戚蕊，盯了一路。胖老婆仍然在潜逃中，已经解决了一个，也许就是今晚，她就会来解决另一个。拐了一个弯，戚蕊忽然吓得捏紧了方向盘，在她的前方，一个胖胖的身影出现在人行道上，面向戚蕊的方向而来，披头散发的，似乎是走了很远的路。在车灯的照耀下，戚蕊看得真真切切，那人跟电线杆子上贴的那个“老婆”长得一模一样，她手里似乎还揣着一把刀，脸上满是杀气走得飞快。看样子，她是要赶去别墅杀自己了，戚蕊想。

戚蕊把大灯打开，又把方向盘摆得比这个弯道的弧度要大一度，加速朝“老婆”撞过去。“老婆”似乎才反应过来对面这辆车是想要置自己于死地，千钧一发之际手忙脚乱地跳进了旁边的水沟。

后视镜里，“老婆”从水沟里爬了上来半个身子，死死盯着自己的车屁股。戚蕊懊恼地锤了一下方向盘，脚下催了把油门，加速逃离了现场。

没撞死那个“老婆”，戚蕊感觉有些失望，但幸亏自己决定从别墅里逃出来，不然也只有被“老婆”堵在门里杀掉的命。现在，惹也惹了她，只希望自己的车能够再快一点儿，不要被她追上来罢。戚蕊越是这样想，就越觉得自己的车子不对劲儿，不知是刚刚撞人时摆得太猛，还是车子长久没用，开出去不到五公里，戚蕊的车突突几声抛锚了。这下糟了，光脚站在粗犷的沙地上，戚蕊的脑海里浮现出“老婆”举着刀不要命地朝这里赶过来的画面。

戚蕊沿着路狂奔了不到一公里，她的脚就磨出了好几个大水泡。现在是走一步疼一步，难以忍受，但她不能停下来，那个“老婆”操劳惯了，她走路的速度可要比养尊处优的戚蕊快上许多。就在戚蕊又长出一个水泡的时候，身后居然开过来一辆车，她转身一看，便认出那是市场里那个卖鱼妇女的货车，现在这个点儿，也就只有她的车进城送货了。戚蕊赶紧招手拦了下来，虽然百般不情愿，但终究是开了口央求妇女捎带一段。那妇女神情不似在市场里那般傲慢，但拒绝起戚蕊来，又比在市场果断许多。她说她的车不拉人只拉鱼，叫戚蕊赶紧滚，别挡道。或许是求生的意志，也或许是长时间攒下来的对妇女的怨恨，戚蕊忽然蹿上去一把揪住了妇女的头发，硬生生将她从车窗里拉了出来。

戚蕊启动货车往前开出去老远，那妇女还尖声惊叫着想要阻止她，只听见她说，赶紧下来，危险！也不知道她什么意思。戚蕊朝窗外吐了口痰，一轰油门就飞驰而去。货车后座，满脸血污的“胖老婆”悄悄坐直了身子，手中刚刚用来抵住卖鱼妇女的刀，此时，慢慢朝戚蕊的脖子伸过去……

# 有鱼

## 1

“唔……”

水草从干裂的河道里起身，远处是层层叠叠的城市的轮廓。站在那座靠核动力漂浮在一千米高空的塔顶上看，他一定像一只叮在死皮上的黑毛苍蝇。他搓着双手十个手指交错，由湿变干燥的泥粉簌簌落下。之前他脚下有一条鱼背宽的水流，被舀了一掌喝掉之后很快便萎缩到干裂的地缝里去了。

不知从哪里迁徙来的骆驼傻傻停靠在下游，因为水流的消失而纷纷抬头朝源头看，便看到他。骆驼有些呆滞的眼睛上长着一排鞋刷子样的黑睫毛，坚硬错落。其中一只瘦弱的小骆驼眼角排出绿色的眼油，烂草莓一样的舌头吊在厚嘴唇下，急需水的滋润。

水草从帐篷来——帐篷并不是地名，偶然翻开地图看看，倒有许多地方被命名得奇奇怪怪，中国有个村叫高潮村——高潮是个多古老的词啊，听说就是“神经性焦点之欢”的意思，水草已经很久没有“欢乐”过了。但帐篷就是帐篷，只是水草自生下后十八年都生活在里面，所以才特意作为重要的名词提出来。水草从帐篷出来之后，沿着大河往下，至今走过了一百五十个国家。

他在寻找一个女人。

从青壮年寻找到老年，肌肉全部松弛老化，像一头被杀了的正值交配季节精力旺盛异常的黄牛在流水线上慢慢加工变成塑料袋小包装的牛肉干。他沿路遇见过各种各样的人，拾荒的小孩和老女人，大学里摆摊卖盒饭的情侣——也许他们才从这所大学毕业。喝醉了酒硬要步行而司机紧张跟在身后的干部，被打得头歪掉从家里逃出来的老婆，刚做完流产手术的中学生，被砍掉手臂的小偷，等等。都说是有那么一个女人，鱼一样的女人，夜晚在月光凌凌的水面悄悄出现，甩一甩头发便不见了，脸根本看不清。

她的手上戴了一个钻石戒指？

“是的，先生。”回答时，他们异常兴奋。

水草十八岁在马戏团当小丑，他的工作是在巨大的帐篷里绕一圈，带着脸上的脂粉做各种各样引人发笑的表情，活跃气氛是他的职责。有时候，从帐篷顶上掉下来的黑毛——也许是空中飞人的脚毛——落在眼睛里，那个时候的龇牙咧嘴就不是刻意做出来的，然而观众笑得最开心，一个小丑出丑的时候最好笑。

表演告一段落，他从五颜六色的聚光灯下退出来时，头顶正有一男一女两个人在相隔几十米的秋千上接抛，如潮的惊叹声和热浪让帆布帐篷像五彩的水母在暗夜里往上飞行。他流汗了，白色的油彩像洪水一样从头顶两个角的布帽子里泄下来。这个夏天太热。

迎面走来准备上场的师兄弟妹们纷纷跟他打招呼，他抚着额头一一回应。

“师兄，累了？”一个头上插孔雀羽毛的年轻女孩走过来，她的眉毛往上翘得很高。

“有点儿，今天天气不好，平时不这样。”

“那是，师兄体力向来很好。”她侧过身，把一个白花花的背凑到水草面前，“够不着，师兄，麻烦你了。”

水草没半点儿犹豫，他把手上的油彩擦在旁边的帐篷上，然后伸手去拉。手指不可避免地插到女孩的屁股沟里，不是他故意的，实在是因为拉链正好安那么靠下。女孩回头来媚笑，趁势靠在他肌肉发达的手臂上，裙摆下塑料珠串成的穗子在水草双腿间摆动。

“好了。”水草面无表情，实在没什么感觉，他不喜欢这个女孩，要说她的身体不是没想过，刚刚走过青春期，好多夜晚都是在幻想中度过的，而她只是十几个幻想体中的一个，性质来说与性用品店摆放在玻璃柜台里的充气娃娃无二样。长到这般年纪，他还没遇见过动心的人呢。

“是吗？”女孩不易察觉地吸了下鼻子，瞳孔随即收缩成一个小点，使得她的眼睛看起来非常可怕。

回到休息室，水草去井里打了水，倒进放在木头架子上的铁盆里，然后脱去布满斑点的表演服，拿毛巾，却不小心掉在地上。去捡的时候忽然撞见一张黑乎乎的脸，帐篷底下被掀起来一条缝，脸就藏在那里。他着实吓了一跳，那张脸也变了，像只打翻了的装满水的陶罐。

最近金融危机爆发，好多城里人买不起票，班主早吩咐要注意他们偷看了，水草一把抓住外面那人拖进里面来，是个瘦弱的女孩。

“偷看？”

“没有，你不要污蔑我。”女孩把脸上的泥巴擦干净，原先的容貌露出来，像一朵出淤泥的荷花，只不过此时嘴巴鼓鼓的，在生自己的气，刚刚盘算了半天，终于找到一个看起来很隐蔽的地方准备钻进来，没想到运气这么差，偏偏撞到枪口上了，眼睁睁地看着一个男人把自己脱光，她一时竟然看入迷了，错过逃跑的机会。

“那把帐篷掀起来是怎么回事？没有钱买票，所以……”水草本来说所以不要脸地来这里蹭场，但看到眼前这张精致脱俗的脸，不知道怎么回事，心脏马上像开了的铜水壶盖乱蹦一气，轰鸣作响，不经意口气就转变了，“……所以藏在这里。”

“哦，我以为你说偷看你的……”她羞红了脸，“偷看表演嘛，我承认，大不了补票。”女孩穿着破烂的宽背带裙，皱巴巴的，颜色也褪掉了——从肩带下面不容易磨损的地方可以看见一点深蓝色，下摆沾了一圈黑色的泥土。

水草突然意识到自己是光着身体的，连忙拿表演服挡住四角短裤：“嗯……那……这么说，你有钱吗？”

“有。等等。”女孩傲气地仰着头，然后背过身去做掏东西的样子，眼睛斜向上，随着手的摸索而转动，磨蹭了一分多钟，水草在她头发里闻到了一股油菜花青涩的味道。忽然，她冷不丁往过道蹿。水草回过神来，一伸手就捏住了她的领子，中指指甲无意间碰到了她发烫的后颈，滑溜溜的，他那只手一阵哆嗦。

“放开我，我不看不就是了嘛？我走。”女孩手脚像划船一样。

水草想笑：“那么想看吗？”

“不想看！”

“我知道一个地方，在那看别人发现不了的。”

“说了不想看了。”女孩很固执，但没过多久又说，“真的？”

“跟我来。我这个人倒是从来不骗人的，从小时候如此。”

“我怕是个圈套。”女孩眯着眼睛，过道传来帐篷里撩人的开心的声浪，扑在女孩脸上，这种热闹的感觉很久没有遇到过了，她终于按捺不住了：“我跟你去，你说不要钱的哦，说话算数。你从小说话算数？”

“是的。”

两个人钻进观众席后的窄缝，沿着一条茶碗粗的麻绳爬到帐篷顶上的探照灯后，那有一根黑色的枕木，刚好坐得下两个人。女孩什么都不顾，一直盯着看底下的表演，那些人啊变得像木偶一样，大象变成了狗，狗变成鹦鹉，鹦鹉变成火焰。

一个男人被大象鼻子抛起脸朝上飞上来，女孩忘了缩回脸，幸亏他没有发现。

表演的间隙，女孩说：“我突然发现这里不应该叫‘角落’，角落都是在地上的，在人们的脚边。”

水草什么话都没说，只是微笑。

“掉下去怎么办？砸人家头上怎么办？早知道你说的是这样的角落我就不来了，我本来不想看的不是吗？不要钱也不愿意来。”

“你抱着我的腰。”

“嗯？”

“怕掉下去的时候，抱住我的腰，保证发地震都震不下去。”

“噢……啊，这真是个圈套嘛。”

水草挠着后脑勺，嘿嘿嘿地笑。

表演快结束的时候，观众们纷纷离场。水草不无遗憾地说：“完了，散了，走吧。”轻轻拉起女孩的手轻手轻脚地跨回到绳子上，这时从远处刮过来一阵大风，帐篷像果冻一样扭动了一下，女孩的脚没放稳，一个趔趄，水草赶忙抱住了她，两个人都急红了脸，终究没事，相互一笑。“看吧，掉不下去的。”水草吞着口水说。

女孩两只手裹住水草，手指感受到他充满力量的肌肉，她忽然觉得那是世界上最安全的所在。

但没想到那灯安得这么不牢靠，竟然挣脱了绳子掉下去了，底下传来玻璃和金属挤压变形最后炸裂的声音，还有无数颗细小的弹簧嘤嘤地叫，印刷电路板折断的声音，焊点和元件和电流搅拌在一起的声音。

已经走出去的人又一窝蜂都回来了。

“咦？是师兄和……”头上插着孔雀羽毛的女孩立刻尖叫，她猩红的舌头都气得伸出来了，非常可怕瘆人：“那个女的，抓住那个女的！”

## 2

他们把女孩绑到班主面前，虽然有几个是不大愿意弄疼这个娇小的女孩的，用凶狠的脸色在班主面前做样子，但更多的人眼睛里冒出莫名兴奋的光，他们的感觉延续到手上化成了力气，快把女孩的胳膊捏碎了。班主一头银发结成辫子挂在脑后，穿一件紫红色的褂子，腰间绑一条黑色的布带子，任何时候，他都不允许那带子松松垮垮，三不五时便会拆下来重新绑一回，他从后腰拔出他的铁骨丝绸面的扇子，扇了水草一耳光，紧接着又扇了女孩一耳光："名字报上来。"

"棉花。"女孩被他的气场震慑住了，乖乖地回答。

头上带孔雀羽毛的女孩不屑地嘁了一声，然后一动不动看着水草，水草正在心里默念了棉花的名字。

"可知道探照灯多少钱一个。"班主说，"看样子你也不是赔得起的人，就算把你卖了连个螺丝都换不回呢。"

"我……我有钱。"

"噢？"

女孩故技重演转过身做掏东西的动作时，水草紧张兮兮地看着班主，他希望这回水草别被识破了，安安全全地逃掉吧，班主这个人什么事都会追究到底的。没想到，头上戴孔雀羽毛的女孩忽然说："班主！她骗您，她没钱，她想逃！"

班主脸色一点儿没变，一摆手几个人便围住了她，当然什么都没掏出来。又赏了一耳光。

"我想你连个亲戚也没有吧，叫人来赎恐怕也不行。灯却是坏了，要不少钱！我拿你怎么办？"

“我确实孤苦伶仃一个人，没办法可想，随你了。”女孩幽怨地说。

“演美人鱼的小翠上个月淹死了……”班主在自言自语，不知不觉露出老人的样子，他年轻时还是个驯虎师呢，十几只东北虎两只华南虎被他驯得像哈巴狗似的，从上一任班主接过马戏团之后他就一年一年地老去，如今也到了让贤的时候，下一任人选锁定了是水草。

“你留在我这里赚钱，赚到两倍的灯钱才算完，毕竟在这吃喝要另花钱的。之后，你要走便走，要留也可以。明天起，跟我学逃脱术。”

头上带孔雀羽毛的女孩轻轻嘀咕：“可好，留了个祸害。”

班主叫孔雀女孩带棉花去洗澡睡觉，孔雀女孩把自己洗过的水留给她洗，把满是虱子的草铺留给她睡，把冒黑烟的油灯移到她头顶，一股股油烟子钻进她鼻孔里黏在腔壁上，痒得很，棉花一晚上没睡好，但一想到从此有了安稳地方安置这一身皮囊，不用再受风吹雨打，不再怕野兽追逐，心情宽慰了不少。

她侧过身，看见睡在不远处的水草，听着他粗重的呼噜声，棉花觉得心里暖暖的，好像在听一张灌注不久的黑胶唱片，优美的旋律随音道起伏涨落缓缓流淌。帐篷外十万只萤火虫翩翩飞舞。

第二天早上醒来，棉花发现手边多了一身新衣服，水草在远处笑着朝她点头。棉花欢欢喜喜地换上，然后喝了碗白米粥，吃了个白水煮蛋就被班主叫去练功。先练的是打绳结，这个结里藏有深邃的玄机，看似是死的，实则找到诀窍轻易就可解开，美人鱼被关进玻璃缸能不能逃出来就看掌握诀窍的好坏。棉花尝试了半天，总不得要领。

“笨！”班主从腰间抽出鞭狮子的鞭子鞭她。每一下都打在不容易觉察实则疼痛异常的地方，脸上是万万不能打的，手臂上也不能打，总的来说，任何要在观众面前展露的地方都不能打。每一下都跟削去一段身体一样痛死了，老虎们都忍受不了呢。

棉花越来越慌，次次把自己绑住怎么也解不开。

笨！笨！笨！笨！笨！

被辫子抽起来的灰尘漫天飞舞，班主越打越起劲儿，红润从脖子里绵延到脸上，最后聚集在眼珠上，他看上去像年轻了二十岁。孔雀女孩抓着一把葵瓜子在一旁看，嘴巴像扬谷机排口一样将瓜子壳扬出来，棉花痛叫一声，她哧哧笑一声。

最后，棉花晕倒在一堆瓜子壳上。

晚上趁大家都睡熟了，水草把棉花抱到帐篷外的河岸上，从怀里掏出金创药。

“或许你觉得班主霸道狠毒，但他其实是个不错的人，慢慢忍着，学会后就好了。”

“我还抵得住，只是觉得委屈。”

水草从盒子里扣出一点白色的药膏，轻轻抹在棉花肩膀上的一条蛇一样的伤口上。“马戏团里的孩子都是这么过来的。班主待我却是不错，他还要把马戏团传给我呢。”

“嗯……你这么聪明，当初没挨过打就学会了吧。”

“没那回事，怎么也会挨几鞭子的。我是班主捡来的，他跟我亲，我明天跟他说一声，你这么瘦弱，经不起打的。”

“谢谢。”棉花感激地捏了一下水草的手掌，他紧张得全身都僵硬了，之后默不作声地帮棉花涂抹药膏。

第二天，班主打得更加起劲儿，他把那条带子松开，上衣敞开了，淌满了汗水。水草来求情，还没有开口，便被一鞭子摔在嘴巴上。“我知道你要说什么，没用。”班主索性连他抓来一起打。两个人在地上抱成一团，像油锅里痛苦的麻花一样。孔雀女孩捂着眼睛走了出去。

这样的日子一天一天过去了，棉花终究练成了打结，后来还练闭气、潜水、舞蹈。一天晚上，两个人坐在河岸上擦拭伤口，河道里从上流飘下来许多破衣服，树，房子，烟囱，汽车，乞丐，做爱的白领，做爱的民工，检察院，娱乐评论家，正出售的楼盘什么的，好像哪里有座城像多米诺骨牌一样倒掉了。

水草帮棉花擦完最后一个在乳沟里的伤口后，棉花第一次反过来帮水草擦，擦着擦着便抱住了他，开始亲嘴。帐篷的缝隙里，一双眼睛闪出刀一样的光芒，紧接着传来孔雀女孩杀猪样的尖叫，她嫉妒得发狂，十只尖利的手指在帆布上抠出一个个洞。

## 3

第二天，班主把水草叫到角落里：“你不能跟棉花在一起。”

“我们俩是真心的，爸爸。”

“真心还是假心的，根本不是这个问题，就是不能在一起，否则马戏团我丢给孔雀也不给你，钻石戒指更不可能让你得着。”

“您开玩笑。”

“你试试看。”

看来权力和金钱，或许微薄的亲情打败了水草，以后的几天晚上，他再也不去河岸了。棉花顾病自怜，一座城市的末尾流淌过她的身边，一滴生涩的眼泪滴在一尊刚好经过的爱神石雕的手掌里。之后，眼泪泛滥，无法收拾。河道里开始冒出死鱼，银色的鱼背挤满了河面，随着浪起起伏伏。看起来多像一件镶亮片的袍子啊，不过它们开始腐烂，浓厚的腥臭味涌上堤岸埋葬了水草。

不管怎样，时间是不会为伤心人停止的，等鱼烂得剩下骨头后沉下去后，班主扔给棉花一件紫色镶亮片带粉红色尾巴造型的衣服，让她试穿，过几天便穿上它上台表演，宣传画已经挂了出去，四周白色的灯泡把画上的人打得精神奕奕，像蒙了一层保鲜膜的鲜肉。

棉花心里委屈更带着对水草的憎恨，始终不肯穿。班主叫来孔雀女孩帮忙，心爱的师兄把自己的心全数放在眼前这个喜欢装可怜的贱人棉花身上，自己连一小份都分不着，实在是可恶透顶，孔雀女孩凶狠地把棉花踢倒在地，二话没说就把她全身的衣服扯个稀巴烂，团里的人都放下手上的功夫纷纷跑过来观望，棉花羞愧难当嘤嘤哭泣。水草独独站在远处低着头，看都不敢看一眼。

棉花裸着身子在人群里大叫。

孔雀女孩抓起她的头发提起来，像给众人展览一件刚打的猎物一样拉着她绕圈，棉花只有两只手，身上却有三处见不得人的地方，头上还被扯裂得疼痛难忍，顿时双手僵在胶着的充满男人口水和轻微呻吟声的空气里，连反抗都没有。她的眼神里到处飘荡着绝望的绿色鬼火。死了倒好。

表演前的几天里，水草失魂落魄，用充满杀气的眼神盯着团里每个人，没一个人敢接近他。棉花的哭泣声从四面八方传到水草耳朵里，毒咒一样令他浑身难受。

一个晚上，他终于下定了决心，像把一个决定性的塑料按钮瞬间拍进操作台里去，巨大的灰色机床颤抖几下，积存了很久的灰尘抖落一地，马戏团什么的，钻石戒指什么的，狗屁不值，都不要了，他决定跟棉花一起逃走，流浪去远方。

“好吗？”

“实在是……”棉花从脸庞上抹去眼泪，“太好了。”

“表演那天趁大家化妆的时候，你混进进场的观众里，逃去小河那边的桥上。”

“之后……”

“找到一片属于我们俩的天地——也许是城市的废墟——我们俩是一切事情的奠基者，整个城市只有我们，之后……结婚，生孩子什么的，你是否愿意？”

“真好。”

他们俩相互捧着手，比世界上任何四瓣的花都要漂亮。

很快，表演那天到了。棉花在表演服外面披上一身灰色的便服，趁大家不注意逃到那座桥上等着水草。天色渐晚，一直没见水草的身影。到十一点多的时候，有个影子从远处的光雾里走过来，像命运随手甩出的一张扑克牌，等待着她揭开。这个时候本来要慎重，考虑清楚，可是棉花想都没想欣喜若狂地跑过去，越来越近，越来越近，终于看清楚了那人的面目。是班主。

原来他们俩商量逃跑的那段话被孔雀女孩听见并报告给了

班主。水草被关在养狮子的笼子里，眼睁睁看见棉花被抓回来。

表演结束，其他人都在外面喝酒吃肉庆功。班主灌了一坛子酒后醉醺醺地把棉花搂在怀里，开始脱她的衣服，之后打了个节将她双手绑起来，今晚，班主回到了年轻时代，每一条血管里都充满了情欲的细胞，不知道为什么，在棉花面前，他总觉得自己是年轻的。棉花作死挣扎但毫无用处。

看见班主掏出了自己几十年的阳物，水草颓然地闭上眼睛。

第二天早上，他一个激灵醒过来，先是看见班主的尸体，然后看见站在窗户前一丝不挂的棉花，她手上带着班主的钻石戒指，散乱的头发像霉菌一样发散决裂的孢子，她回头朝水草轻轻一笑，纵身一跃跳进窗外的河里。

她随着一座城消失了，身上似乎闪着鱼鳞的光芒。

# 快感病毒

## 1

正是春困时节，加上《生物衍化理论基础》这门选修课的助眠，我屁股一挨上座儿，点了几个头就睡死过去。直到感觉有人掐我胳膊，我才勉强醒过来。眼皮刚翻上去，就看见讲台上那老头站到了我座位旁边，正隔着他那八百度的近视眼镜死死盯着我，好像在施诅咒一般。

我扬了扬手，大概就是道歉的意思，然后服软翻开书，装模作样地认真看起来。

刚刚好心掐醒我的是坐在旁边的戚蕊，她长得有模有样，身材也标致。被她这样的美女掐一下，也算是某种肌肤之亲，想想还蛮爽的。实际上，当我这样想着，再伸手揉那几片被她掐出来的红印的时候，确实感觉自己有些兴奋和燥热起来。

老头讲到生物衍化的内部驱动这一章。

他说："生物的大多数行为都是由原始快感驱动的。举个例子，婴儿喝奶，表面上看来，婴儿是因为饥饿才吸吮妈妈的乳房，但这只是他伸出嘴去吸吮的动机中的一部分，更大的驱动，来源于他喝奶时口腔中所产生的吸吮快感。这种快感的强烈程度，相当于你们现在的性快感。"

我用舌头舔了舔上齿，表示这样的论点真是歪理邪说骇人听闻。

不过说到性快感，我毫不否认，我此时对戚蕊倒是有那么一点儿。看着她那五只捏着笔杆的雪白而纤细的手指，看着她脖子上那一层细细的汗毛，在春天暖阳的照耀下，泛出透明的质感，我就有些把控不住了，特别特别想再次感受她触碰到我的感觉。这种感觉以往也有，不知道为什么，在今天她掐我一手之后，变得出奇地强烈。

我把脚悄悄往她那边伸。

我穿着人字拖，她穿着小皮鞋，跟太空轨道上卫星接轨似的，我的脚趾终于刮擦到她鞋子的皮面，兴许是隔了一层牛皮的原因吧，感受并不如预想中的强烈。于是我偷偷加了把劲儿，直接撞了她一下。

戚蕊扭头看见我一副贱兮兮的模样，直接怒了，立马抬起鞋跟在我的脚趾上跺了一脚。

啊，那种感觉又来了。

我居然有反应了，什么都还没做呢，这么，就感觉快到高潮的边缘。

对于我来说，这样的情况是值得惊讶的。平时在宿舍自己一个人，每次都要花上半个小时才能达到像今天这种程度的状态。难道我是受虐狂？实在值得怀疑。我以为我对自己的身体了解得够深刻了。

“人类从婴儿时期到长大成人，时刻有快感在引领，或者说是引诱我们做出所有的行为。”老头继续讲，“吸吮快感引诱我们吸食母乳得到营养，成就快感引诱我们参与竞争获得成长，性快感让我们寻找伴侣延续基因，获得注视的快感引诱我们去冒险，去探索，带来人类进步……基本上，可以这么说：人都是由快感控制的，而人类社会的发展方向亦由快感引领。”

我开始觉得老头说的有点道理了，因为我感觉自己现在就被快感引领着。

平时倒看不出来戚蕊有这样大的魅力，刚刚被她踩了一脚之后，一波一波的兴奋此时从我的丹田涌上来。这种感觉以前从来没有体验过，好像一次性得到了十次高潮。更可怕的是，我还没有达到顶峰，身体还允许接受更多，我不知道到了真正来临的一刻，将会是一种多么欲仙欲死的感觉。

这种感觉，我迫不及待地想要见识下。

我在戚蕊瞠目结舌的注视下，让自己的手肆无忌惮地伸向她的大腿。

戚蕊腾地站起来，狠狠甩了我一耳光。啊，快感果然强烈了好多，但还不够。

紧接着，戚蕊的那个学霸男朋友终于发现了我的所作所为，他拉开戚蕊，一把揪住我的领子，朝我面门猛K了一拳，我一仰头，喷出好多鼻血。啊，看着戚蕊男朋友青筋满布的拳头，看着他因为愤怒而皱起的眉头，我觉得自己升华了！

简直太爽了！可是不对啊？我冒着鼻血傻傻躺在地上，我什么时候开始对男人也有感觉了？难道刚才不是因为戚蕊，我才会那么兴奋的吗？此时，我脑海里因为高潮即将到来而呈现出来的那幅绚丽的画面是怎么回事？

再来……

我居然对他说了句再来！

看见我一副享受至极的表情，听见我求虐的呼喊，戚蕊的男朋友以为我要赖，越加暴跳如雷。他抡起凳子就要砸我，讲台上的老头和周围的同学想要劝住他，都被他的凳子扫到，一个个不是被撞了脑袋，就是被蹭破了皮。

凳子眼看就要砸到我脑袋上，忽然周围的人全都发出了满足的呻吟，像是集体享受着SPA一样。

戚蕊男朋友举着椅子愣在那里。

我看见被椅子扫中的几个同学，女的脸上都冒出来一片红晕，男的一个个都腿软了。有一个同学开始拿圆珠笔插进了自己的指甲缝，另一个同学拿起杯子的热水倒进了自己的眼睛……现场一片混乱。

老头回到讲台，爬到了讲桌上。

我以为他是想要控制局面，却看到他呻吟一声，像一截木头一样让自己直直地栽下来，下巴正好磕到前排的桌沿，脑袋一下折到了后背。死了。带着一抹我从来没见过的极度满足的笑容。

戚蕊和他男朋友还有那些没有受伤的同学吓得跑出了教室。

## 2

整个学校忽然变得嘈杂起来，窗外人声鼎沸，有惊叫，有呻吟，间或夹杂着咚咚咚的闷响。我从地上爬起来走到窗口，眼前的一幕让我再也无法镇定。

对面还有远处的几栋教学楼，阳台上都站满了学生，他们脸上全都挂着满足的笑容，三五成群地往楼下跳，楼下堆积了不少尸体。戚蕊和她男朋友已经到了楼下，可是他们并没有跑远，而是直直地站在底下仰头看着准备跳楼的人。

一个人跳了下去，戚蕊的男朋友挪了挪位置，那样便正好跟那个人的头撞在了一起。两个人的脑袋齐齐迸裂一命呜呼。接着，戚蕊也按照同样的方式自杀了，临死之前，她发出了整个校园里最大的一声满足的尖叫。

我真的没法镇定了，因为我发现我自己也有一种强烈的冲动，想像他们一样，通过自杀的方式享受到这辈子唯一的一次超越此前所有感觉的高潮！

这么想着，我已经推开了窗户玻璃，攀上了窗台，特意往旁边挪了挪，对准底下花台的边沿，跳了下去……我带着半个脑袋躺在地上，为我带来高潮感受的多巴胺分泌旺盛，要溢出来似的。

我下身一挺，终于体会到了……那是什么样的一种舒爽的感觉？我没办法描述，只觉得人类只能自杀一次实在是一种遗憾。

我用尽自己最后一口气，愉快地呻吟了出来。这时候，我剩下的那只眼睛发现，花台后面似乎站着一个人，不，是一只拥有青白色皮肤和红色毛发的……外星人？他背着某种喷雾装置，正往空气中喷洒着某种气体。

我想，那就是我们一夜之间忽然具有了自残这种全新形式的快感，并被它所引诱纷纷自杀的源头吧。

# 整合

## 1

这个时候，再没有了早高峰，再没有了晚高峰，再没有了办公室性骚扰事件，也再没有人有感悟写出《杜拉拉升职记》……2088 年，地球各大企业纷纷破产，大厦顶上悬挂的一面面公司霓虹字被物业公司的墙面清洁工人拆了下来，从城市鸟瞰的角度来看，好像是一种非常斯文沉默却最具表现力的末日景象。

满大街游荡着提着自己的水杯抱枕盆栽或者金鱼缸的白领，这样的情形发生在几个月前，之后的一段时间里，最开始是有一波波不明身份的人在各个大厦奔走，强制驱散顽固抵抗的职工。然后大厦被粉饰一新，表墙铺装上了大家从没有见过的材料，比如像丝绸一样流动的金属，微风吹拂会泛起涟漪，还有细胞墙，对，像从显微镜下看到的洋葱切片一样，一个个细胞堆砌成的墙，有时候大厦顶端的细胞会迅速分裂，新长出来一层，以供全大厦的新员工开晨会。为了找新工作，比这些奇形怪状还要诡异得多的大厦，我都去过，虽然当时被狠狠拒绝了，但我依然保持着理智与微笑，我觉得那完全是大厦里充斥着的某种植物芬芳作用之后的结果。

现在城市里最热闹的地方是居民区，大家整天待在家里，全部陷入一种莫名其妙的停工状态中，好像一群被突然叫到操场集合，领导又半天不出现的中学生，全都懵着。直到上周，电视上才突然出现一个叫“（UTO）宇宙贸易组织在地球”的电视节目，算是官方的正式回应。它的作用不仅是代替政府解释地球成为目前这个鬼样子的原因，还具有就现状为观众提供未来工作与生活建议的功能。

我已经放弃盲目地寻找新工作，目前唯一可做的就是躺在沙发上看这个节目。事实上，调遍所有的台，都在放这个。

“欢迎进入 olo 机器人公司冠名的《UTO 在地球》。”主持人脸挂播报笑面对镜头，开始了每期节目开始前都必须宣读的内容，“地球全体政府自 7 月 1 日起完全自愿加入 UTO 组织。UTO 组织的唯一宗旨是，以提高全宇宙人民生活水平和保证充分就业为前提，确保各星系实业和服务业健康有序发展，按照可持续发展的原则实现全宇宙资源的最佳配置。努力确保发展中星球，尤其是最不发达星球在宇宙贸易增长中的份额与其经济需要。下面请各位评论员就本周地球并购整合的进展发表看法。”

A 评论员马上接话：“首先，我再次强调，那一场全球公投是一场全球要挟，载满武装的飞船就悬在头顶，仔细听还能听到子弹推入弹道的声音，哪门子‘完全自愿’。其次，我要抗议，虽然相比于先进的外星，made in earth 的产品完全落伍了，没有任何竞争力，但是我们能不能考虑下宇宙底层群众的购买力？在价格方面，地球品牌还是有优势的嘛！”

“未必！”B 评论员从口袋里拿出自己的手机递给 A，“您猜猜，这多少银子？”

那是一部带影像实体化功能的手机，简单来说，它可以将通话对方用实时 3D 打印的方式在你手掌上面前呈现一个可触可感的 1:1 橡胶真人。

“用我那个古董机换购的！”B 没等 A 回答就报出答案，因为他觉得像 A 这种老古董是无法理解 UTO 所带给地球的那些好处的，他的脑子也应该拿去换购。

B 评论员：“实际上外星产品在短短几个月里，已经全面融入了我们的生活，将我们之前费劲制造的一切劣质产品升级换代，而且是用更少的成本。”

A 评论员有些木然地把玩着手机，不敢再发话。

主持人：“当然，在新技术上比不过外星系，大家也不要悲观。实际上，我们也拥有具备独特竞争力的产业。UTO 给地球产业再定位的报告中一早提出，中国刺绣，这种产品就是我们在星际贸易中占据一席之地的关键。或者说……是让我们不被淘汰的唯一机会。”

B 评论员补充：“任何星球上的雌性都爱美，据说，上次的 R4 星展销会，这种带着浓浓的自然感、原始感的艺术作品接到了多达 198 个星球的订单，所以现在不要抱怨没有工作可做啦，各位观众朋友，抓紧时间拿到刺绣技术上岗证才是真的。”

## 2

节目在学习刺绣的呼吁声中结束，马上就会播放手工刺绣的教学视频。我急忙从茶几底下搬出木质的学习机器，上面是昨天留下的最新进度：年画《年年有余》中的半条鲤鱼。我根本跟不上教学视频的速度，要知道之前我只是一个摆弄二极管、印刷电路的粗老爷们儿，这会儿要变成一个穿针引线的女人，打心眼儿里不舒服。

自然，我老婆学这个学得快，她已经去一家刺绣公司上班，薪酬非常不错。我觉得她最近对我的态度已大不如以前，被针扎着了手指的时候，之前她会心疼地“哎呀”一声，现在是“哼”一声。

“要非常仔细鲤鱼的眼睛这一块，在上白色线之前，要在底下用粉红打一个底，线路要润。”

打一个底？什么意思！润？又是什么意思。天啦，我快被逼疯了。针头又扎进了大拇指，一股无名怒气从脑门腾起来，我一扯线头，布上的金鱼就皱成了一团。

接下来做什么？发泄完之后，并不能改变现状，反而显得刚才的行为是那么可笑。我只好拉扯了几下，将金鱼恢复，然后给前同事崔达去了一个电话：“刚才的教程，打一个底和润是什么意思？”

崔达那边好久没有发声，哧哧着突然来了一个大笑：“哥啊哥，你还真学上了？”他一副幸灾乐祸的样子，搞得好像他不用学这玩意儿似的。事实上，崔达牛逼哄哄地告诉我，他在一家生物科技公司找到了工作。

“电视里遛大傻子呢，别听他们瞎忽悠。接下来，世界上并不是只有刺绣这份工可以做。我的新公司就是得到UTO特批的。具体做什么？改天有时间吃个饭，我详细告诉你。”

完全不用改天，当天晚上丢下刺绣架子，我就去找崔达了。

半夜十二点，在非法开设的地下餐馆里，我们俩碰面了。

他此时意气风发的样子就跟他在前公司那唯唯诺诺的样子一样令我烦躁。他递给我一杯XO，我一饮而尽，感觉热流没有往喉咙里去，反倒往上直蹿脑门。

“我现在在做助理研究员，拿年薪。”崔达得意扬扬。

“果然是只有在乱世，草莽容易变成英雄啊。”我挤对着他。他听完并没有生气，随即倒满我的酒杯：“是金子终于发光啦，老哥。如果你做，必定像以前一样比我做得更好。”

等我饮完第二杯，崔达咂摸着嘴，搬出电脑，点开一份名叫《关于深度整合的可行性报告》的演示文稿。

“你看，”他指着一幅画了一个秃顶胖子的图片，“地球人类如果按照以往的自然规律进化，这就是我们未来的模样，又蠢又胖，你根本不知道他与一块五花肉有什么区别。”

我感觉有些头晕，但还是习惯性地反驳了他：“或许在那个时候，这样的胖、这样的蠢反而是最能适应社会的。”

“谁说不是呢，不过那得是在UTO来地球之前。现在，这样的模样才能叫作帅。”他点开另一张图片，那上面画着一个我永远无法忘记的怪物——像埃菲尔铁塔一样的体型，下盘粗壮，上身纤细，手臂长到可以垂在地面，每只手都有二十根手指，眼睛是两个完美的圆，前后有两片晶状体。

“这样，不用眯着眼睛也能看清楚针的走向了。”崔达向我解释，“未来，我们每一个人都应该是这个样子，这是我们公司按照刺绣工作的特殊性经过反复论证与实验得到的结果。”

我算是明白了，原来这就是所谓的“深度整合”，为了顺应地球在UTO中的产业定位，从基因层面，对人类进行调整。

“调整进化轨迹是一项长久的工作，我们公司开发的催化剂可以大大缩短整个过程，向市场扩散催化剂，这需要大量人力。我就是做这样的工作。”

我越发感觉头疼，好像有一只手在用力揉捏着我的大脑，似乎可以听见脑浆子在指缝中滋溜滋溜的声音。崔达继续说：“工作很轻松，找到你身边不擅长刺绣工作的朋友或家人，给他们喝这个。”

他指的就是给我喝的酒。

我一惊，“他妈的，你这搞得跟传销似的……”我迷迷糊糊说完这句话，就睡了过去。

当我清醒过来，我说的不仅是从上次的晕倒中清醒，而是从整个情况中清醒之后，我发现自己的手指要比以前灵活许多，指围也有所减小，连我老婆用的顶针也能轻易穿过去了。

老婆搂着我的脖子说：“亲爱的，太好了，你终于可以应聘上一份刺绣工了。”

我愣了半晌。

终于拿起手机，在通讯录里翻找着那些工程师朋友的联系方式，说：“不，还有份工作更适合我。”

# 都怪细节

## 1.KTV 烘干事件

他在超市选购沐浴乳的时候会一瓶一瓶捡起来查看后面的配料表，好像他知道怎么从那里判断出这瓶洗后是否会过于滑腻似的，实际上他根本不懂，所以每次洗澡的时候，他就像一个在昂贵的家具上涂油漆的菜鸟油漆工一样紧张，一旦感觉到身上的滑腻感超过了忍受程度，就会立马停止动作，改用碱性强烈的肥皂去清洗，直到摸起来有明确的肌肤感。

他是个无法忍受洗完澡身上有滑腻感的男人，这不是说他有洁癖，因为平常生活里，他并不会过于注重卫生这个方面，比如在做饭的时候，他就不介意用手握住沾了油渍的锅柄，对清理灶面油层上方便面渣滓这件事，也无过多的抱怨。他只是无法忍受在洗完澡或者说清洗过后到身体干燥这段时间里皮肤上有滑腻感。

每个人身上多少都会带着类似这样的小怪癖。生活的细节而已。

为此，他的购物清单上，沐浴乳永远只有一瓶（如果有厂家同意生产四分之一瓶装，他会高兴得晕过去），而各类肥皂从沐浴乳之后就一直排到清单末尾。因为每用过一遍沐浴乳之后，水流经过胸部的肌肤时会呈现失去张力而坍塌下来的形状，这时他会立刻涂两遍肥皂，然后不断测试，直到水流变成自然的柱状。

作为一个男人，身体上有一个部分总容易残留沐浴液，那就是大腿根部。使用了四遍肥皂之外，他会用干毛巾裹着那里叉开腿在通风的地方躺一会儿，直到干燥了再披起浴巾。

这晚，他躺在沙发上晾自己的时候，脑海里想起下班时电梯里遇见的一个女孩。那会儿，他们两个被挤到角落里，女孩穿了高跟鞋还矮他一头，塞在他胸口，客观上感觉被他抱在怀里一样。

女孩脸红着，生怕对面这个男人跟她想到一块去，而他亦不负她所望，果然想得更多。

女孩先是正对着他，觉得这个状态不太雅，有助长想象之嫌，便转过身去，过了会儿又想到这种状态其实没比前一种不雅的情境雅多少。最后只好侧着身，拿胯对着男人，借此打破想象里一个凸一个凹的逻辑局面。

这样下来，他就有点难受了，为了不碰到她的胯骨，他的屁股必须奋力往后翘着，头自然往前伸，鼻子就没奈何地蹭到女孩的蓬蓬头。

一股干燥的阳光的味道，很受用，他一直记着。

女孩真是不错，完全像是从他的梦里走出来的情人……在遇见女孩的前一天，情路不顺的他特意去玉器店买了一个据说可以转桃花的戒指，虔诚而紧紧地套在了大拇指上，之后就冥冥中上了那部电梯，这么看来，果然还是要相信一些美好的事情终究会发生。

也不知道什么时候才能再遇见。

晾好了，他把戒指又扭紧了一圈，爬起来穿戴好去赴朋友的 KTV。

夜半，他在包厢里灌了好些酒之后出门上厕所，灯光朦胧的走廊又昏暗又冗长，他绕来绕去，在厕所拐角竟然真的再次遇到那个女孩，她也是刚完成朋友的 KTV，微微些醉。

女孩有点尴尬，准备低头从他身边糊弄过去。他异常高兴，想说这回怎么也要和她建立可持续发展的关系，便殷勤地问："怎么？你也来唱歌啊。"

女孩想了会儿："是啊，和朋友们一起。"

"哦……这样，那介不介意我加入你们？"

"这个……"

"我一个人点了好些东西剩在那里，他们光唱歌也不吃，不吃浪费了。你知道，浪费是非常不好的习惯。"

"……那好吧。"

男人高兴地说："那你在这儿等我一会儿，我去完厕所马上回来。"

女孩点头。

他急忙推开男厕所门进去。

在厕所里，他用接近生理极限的速度迅速解决完排泄后去洗手台洗手，打算只是用清水冲一下手然后就烘干，你知道他受不了洗手液的。

厕所里烘干机马力十足，对于按捺不住的他来说是很幸运的事，这样，大概五秒钟之后就可以出去见她了。

烘干机的热风好不保留地吹下来，两只翻来覆去的湿润的手掌渐渐变干燥，可以看见一排排赴倒在水中的寒毛依次立了起来。

因为沾水的缘故，之前洗澡残留在戒指缝里的沐浴乳此时晕开了。大拇指中截便有一圈变得滑溜溜的，这种感觉在他看来，就像在刚打进碗里的鸡蛋液里发现一片蛋壳一样令人难以忍受。

自然，他开始耐心而仔细地弄起戒指缝里的残液。

戒指戴得太紧，他拔不下来，只能一面转戒指，努力掀开一点儿，一面用卫生纸弄点水进去把它稀释出来。可是当擦完一半转到下一半时，擦好的那部分又被污染了，如此反反复复，他似乎是沉浸在清洗的世界里了，竟然没有觉察时间哗哗流过，到转到第五十二圈时，女孩终于等不及，走了。

烘干机轰鸣个不停，他觉得这机器真的很好用，总能及时烘干稀释出来的水，所以记住它的牌子，准备马上去哪里购一台回家装上。

## 2. 两则有关 iphone 的新闻

4 月 15 日中国《今日早报》

观众朋友们，我现在在北纬 25° 东经 134° 中国境内的一座原始森林上空。

这座森林以原始地貌保存完好著称，有许多参天大树和野生动物，因此是各地野外生存爱好者心目中的天堂。

现在正是出游的季节，近一个月里，来这里探险的驴友总数预计超过五万。但是由于最近几天连发暴雨，旅游局发布了泥石流预警，游客们接到通知及时从山上撤下来。

果然在 4 月 11 号，这里发生了重大泥石流事件，下山的路被阻断。随后，经过统计下山游客人数之后发现有一位叫李志刚的游客并未跟随大家下山。

当天搜寻队派直升机搜寻一天，因为暴雨和大树遮蔽，根本无法观察到地面情况，无果。当搜寻队回到山下之时，暴雨又猛烈了几分，局势对于尚在山上的李志刚来说非常不乐观，正当大家抓耳挠腮不知道怎么办的时候，忽然接到这位游客的求助电话，惊喜万分的搜寻队一面安慰李志刚的情绪，一面使用定位设备定位他的位置，可惜天气状况实在太差，定位设备无法工作。

搜寻队只好叫李志刚保存体力尽量待在一个地方，并且务必保持联系通畅。这位李志刚游客心态还不错，说自己在一块空地上搭上了帐篷，身体无虞，手机电量充足。于是搜寻队约定等天亮之后再上山接他。

那晚，李志刚躺在帐篷里等待救援，听雨点噼噼啪啪砸在帐篷上，顿时觉得无聊至极。

刚买不久的 iPhone6s 在手心里捂得发烫，他不时解锁查看手机电量，满满当当一整条绿色，让他非常心安，这样，又越加觉得无聊了。

他翻了一下桌面，在最末发现一个休闲小游戏，那是他前几天装的，一直没打开玩过。

用过 iPhone 的人都知道，看到桌面上一个没碰过的软件，就像看见床上躺着一个处女或者处男一样很难不令人产生碰上一碰的想法。他的手指在手机边缘来回摩挲了一阵，终于忍不住伸向那个游戏按钮。

其实是个简单的消除类游戏。一系列操作下，李志刚点到 play，忽然游戏闪退，跳回了桌面，紧接着 iPhone 便死机了，无论他怎么操作各种硬开机方法，都打不开。

这个游戏软件有个 bug，而这个 bug 导致搜寻队失去了与李志刚的联系。

之后，搜寻队一直没能找到他。

3 月 29 日 美国《环球联合》

“2015 年 3 月 29 日晚上 7 点，在硅谷的一家软件园的公寓楼里，一位供职于纽特软件公司，名叫杰森·安德鲁的软件工程师正利用业余时间干私活，为苹果商店设计一款消除类游戏。

他今天编写了五千多行代码，再有个几百行就大功告成了。

作为参与过编写 Adobe 软件的工程师，这样的小程序自然是信手拈来。他的手在键盘上迅速搓来搓去，跟洗白菜一样随便，但正确率却是 100%。只不过在打一串数字时，他忽然发现今天穿的毛衣袖口上有一个线头，于是放开键盘把线头抽出来捻成一团丢在了脚下，再回到键盘上重新投入工作，就是这个时候，少了一个数字 1。

就此形成了一个 bug。

享讀者

WONDERLAND